한성희 수필집

넘다!
십이령

한성희 수필집

넘다!
십이령

초판 1쇄 인쇄 2020년 9월 21일
초판 1쇄 발행 2020년 9월 30일

지은이 한성희
펴낸이 강정규
펴낸곳 시와 동화

등록번호 제2014-000004호
등록일자 2012년 6월 21일

주소 경기도 부천시 소사구 성주로 86-4, 104동 402호(송내동 현대아파트)
전화 032-668-8521
이메일 kangjk41@hanmail.net

ISBN 978-89-98378-39-4 03810

이 책 제작비 일부로 부천시 문화예술발전기금을 받았습니다

값은 뒤표지에 있습니다.

한성희 수필집

넘다!
십이령

시와 동화

두 번째 수필집을 출간합니다. 첫 수필집 『가시연 빅토리아』 이후 9년 만입니다.

그동안 많은 날들이 터널의 연속이었습니다. 고향 울진을 가려면 어디로 가든 십수 개의 터널을 통과해야 합니다. 태백산과 소백산을 넘을 땐 더 그렇습니다. 그 험한 고개들을 넘어야 부모님이 계시는 고향에 도착합니다.

50에서 60해를 살고 있는 내 행로도 고향 가는 길과 같았습니다. 곳곳에 가늠할 수 없는 터널들이 복병처럼 숨어 있었습니다. 내비게이션도 없어 속절없이 터널에 갇혀 허우적거렸습니다. 길고 긴 갱년기 상실감이 그랬고, 건강과의 사투도 그랬습니다.

무섭고 두려워도 터널을 지나 언제나 고향에 도착합니다. 마음이 힘들 때마다 고향이 되어준 건 가족이었습니다.

이번 수필집에 유난히 부모님과 남편 이야기가 많은 건 그 때문입니다. 사회적 활동과 소통이 줄어드니 우물 안 개구리처럼 가족만 보였습니다. 특히 남편 이야기가 그렇습니다. 퇴직한 남편과 둘만 지내는 시간이 많다 보니 자연히 관찰대상이 되어버렸습니다. 내 좁은 안목의 한계지만 38년을 같이 살아 준 남편에 대한 고마움도 조금은 있습니다. 자식들 다 출가시킨 둘만의 여생, 노을을 바라보며 벤치에 앉아있는 노부부의 뒷모습처럼 그렇게 물들어 가고 싶습니다.

　오늘도 십이령을 넘어 고향에 갑니다. 예전처럼 굽이굽이 산을 넘지 않아도 됩니다. 그저 터널 몇 개 통과하면 동해바다가 보입니다. 이젠 어둠에도 내성이 생겨 터널에 갇혀도 허우적거리지 않을 것 같습니다.

　졸작을 흔쾌히 허락해주신 ≪시와 동화≫ 강정규 선생님, 밤새워 교정 봐주신 민충환 교수님 두고두고 은혜 잊지 않겠습니다.

긴 터널을 지나 밝은 빛을 기다리며

2020년 9월

한 성 희

차례

제2부 _ 다림질하다

제3부 _ 연잎 차(茶)

제4부 _ 소소한 일상

제5부 _ 퇴직 여행

제1부
감자밥

감자밥

    해질녘이면 어머니는 개울가에서 감자를 깎았다. 겨우 발목이 잠기는 얕은 물이었다. 어린 나는 엄두도 못 내지만 어른들은 한걸음에 건너뛸 폭이 좁은 개울이었다. 감자를 깎던 어머니가 잠시 손을 멈추고 고개를 돌렸다. 자잘한 돌맹이 사이로 물이 길을 내며 흘렀다. 무심히 물길을 바라보다가 다시 쪽칼을 든 어머니. 졸졸졸 개울물 소리만 들릴 뿐 적막이 흘렀다. 함지박에는 조막만한 감자가 수북이 쌓여있다.

    어머니는 처마 밑에 걸어놓은 소쿠리에서 삶은 보리를 한 대접 퍼 솥에 안치고 깎은 감자를 부었다. 마당 앞 화로에서 구수한 냄새가 올라왔다. 밥 냄새라기보다 감자 삶는 냄새였다. 드문드문 보리가 섞인 감자밥을 주걱으로 척척 이겨 밥그릇에 담고 겉절이 김치를 내왔다. 마당에 멍석을 깔고 네 식구가 둘러앉았다. 단출한 식사였다.

어린 동생들이 까끌한 겉보리가 목에 넘어가지 않는지 자꾸만 가장자리로 내치면 어머니는 말없이 가져다 드셨다. 한 톨도 버릴 수 없는 귀한 양식이었다. 아버지는 어느 지방을 떠도는지 늘 부재중이었다. 사업에 실패하고 전 재산을 잃은 아버지는 처자식을 영주 소백산 골짜기에 떨구어 놓고 집을 나가셨다. 농토도 없이 어린 자식 셋과 살아야 하는 어머니는 우리를 앞세워 이삭을 주으러 다녔다. 산간마을에는 감자를 많이 심었다. 밭주인들이 비탈에 심은 감자를 수확해 가고 남은 감자를 주웠다. 하루 종일 이 밭 저 밭을 옮겨가며 주운 감자를 어머니는 몇 시간 동안 개울에 앉아 깎아서 밥을 지었다.

세끼가 다 감자였다. 나와 철없는 동생들은 감자가 먹기 싫다고 투정을 부리다 어머니의 매서운 회초리 맛을 봐야 했다. 맏이인 내가 회초리를 제일 많이 맞았다. 다리를 걷으라는 한마디뿐 어머니는 말없이 내 종아리를 내리쳤다. 소리를 지르면 회초리 강도는 더 세졌다. 그 회초리에는 처자식을 돌보지 않고 떠도는 아버지에 대한 원망이 가득 담겨 있었다. 우리가 회초리 세례를 받은 밤, 어머니는 이불을 푹 둘러쓴 채 모로 누워 잠을 잤다. 아침이면 물을 많이 마시고 주무신 것처럼 얼굴이 퉁퉁 붓고 베개는 얼룩덜룩 지도를 그리고 있었다.

어느 날, 아버지가 돌아왔다. 세상사 뭐가 맘대로 안 되었는지 얼굴이 수척하고 추레한 모습이었다. 아버지가 오셨어도 어머니의 표정에는 변화가 없었다. 늘 우리에게 보여주던 무심함 그대로 저녁을 지었다. 어머니는 항아리에 꽁꽁 숨겨놓았던 쌀을 꺼냈다. 가을 추수가 끝나고 다랑논을 오가며 주운 귀한 쌀이었다. 어머니는 평소처럼 바닥에 보리를 깔고 감자를 얹고 귀퉁이에 쌀을 올렸다. 밥이 다 되자 한쪽에 모은 쌀만 따로 퍼서 아버지 밥상에 올렸다. 아버지는 아무 말씀 없이 저녁을 드셨다.

아버지가 계시는 내내 어머니는 감자 한 귀퉁이에 쌀을 얹었다. 이삭은 다 떨어졌을 텐데 귀한 쌀을 어디서 구했는지 모른다.

어머니의 표정도 한결 부드러워졌다. 떼를 쓰거나 잘못을 저질러도 회초리 맛이 맵지 않았다. 어린 나이에도 우리는 아버지가 어딜 가지 않고 계속 계셔주길 바랐다. 가끔은 아

14

버지가 남긴 흰쌀밥을 먹을 수 있는 호사도 누렸다.

긴 겨울이 지나고 봄이 왔다. 산에는 진달래가 흐드러지고 나무들이 푸릇푸릇 연둣빛 옷으로 갈아입었다. 산비탈마다 감자를 심느라 분주할 때 아버지가 집을 떠나셨다. 또 언제 오실지 기약이 없는 기다림에 어머니 얼굴에 수심이 늘어갔다.

감자 수확 철이 오자 어김없이 어머니는 우리를 앞세워 감자 이삭을 주웠다.

개울가에 하염없이 앉아 감자를 깎고 겉보리에 감자를 넣었다. 감자 냄새 폴폴 나는 밥을 주걱으로 꾹꾹 이겨 겉절이 김치와 내왔다. 멍석을 깔고 마당에 둘러앉아 말없이 먹었다.

저녁을 먹으며 어머니 눈길이 자꾸 사립 쪽으로 향했다. 우리도 덩달아 사립문을 바라본다. 한 숟갈 먹고 바라보고, 또 한 숟갈 먹고 바라보고. 누군가를 기다리는 애틋한 마음을 알았는지 그해 겨울 아버지는 돌아오셔서 다시는 나가지 않으셨다.

거북 등

　대문에 들어서니 수북이 쌓인 김장거리 앞에 바싹 마른 노인이 웅크리고 앉아 배추를 다듬고 있다.

　"아부지, 저희 왔어요."

　화석처럼 굳어있던 몸이 스르르 풀렸다. 아무 말씀 없이 눈으로만 웃는다. 먼 길 왔는데 어여 들어가 쉬라는 눈빛이었다.

　남편과 내가 손 보탤 틈도 없이 배추는 소금물에 잠기고 어머니는 직접 담근 젓국을 끓였다. 비릿하고 구수한 냄새가 집안을 가득 채운다. 우리 집 김치가 맛있다고 소문난 것도 바로 이 젓갈이 있어서다. 몇 년씩 묵힌 곰삭은 젓갈에 어머니만의 비법과 정성으로 만든 김치는 오래두고 먹어도 감칠맛이 났다. 마당 한켠에 돗자리를 깔고 배추에 속을 넣었다. 다섯 자식들에게 나눠줄 거라 세 명이 손을 보탰는데도 꼬박 하루가 걸렸다. 해마다 자식들에게 보내주는 김장도 두 분이 며칠씩 밤을 새워 담그신 거였다.

저녁이 되자 아버지는 따로 사위를 앉혀 놓고 술잔을 기울였다. 술은 입에도 못 대시면서 술 좋아하는 사위에 대한 배려였다. 김장김치에 성성한 굴 안주까지, 남편은 장인이 따라주는 술에 얼큰히 취하고 있었다. 아버지는 사위에게 자신이 살아온 이야기를 들려주고 있다. 옆방에서 TV를 보고 있었지만 빼꼼히 열린 문 사이로 들리는 아버지의 이야기에 빠져들었다.

"일제 강점기를 보내고 11살에 해방을 맞았네. 8살 때 어머니가 돌아가시자 새어머니가 들어왔어. 불행한 어린 시절을 보냈지. 얼른 집을 떠나고 싶은 생각뿐이었어. 그때부터 방랑이 시작되었다네. 툭하면 집을 나가 친구 집을 전전했지. 그러다 6.25를 겪었고 암울한 대학시절을 보냈네. 상대에 들어갔고 은행가가 꿈이었지만 건강이 따라주지 않아 포기해야만 했어. 고등학생 때 잘못 먹은 돼지고기 한 점이 평생 내 인생의 걸림돌이 되었지. 삶의 의욕을 잃고 정처 없이 객지를 떠돌았다네. 방랑벽이 도진 것이지. 몇 번의 빚보증으로 그나마 모은 재산 다 날리고 식구들을 궁핍으로 몰아넣기도 했어. 그때를 생각하면 자식들에게 참 미안하다네. 그래도 어떻게든 살아보려고 별걸 다해봤지. 오징어잡이 배를 타다가 바다에 빠져 죽을 뻔도 하고 채석장에서 돌을 깨다 청력을 잃었다네. 나름대로 열심히 살려고는 했는데 마음먹은 대로 안 되더라고…….”

올해 85세인 아버지는 형제 중 홀로 장수하고 계신다. 젊은 시절 세상을 펄펄 날던 여섯 형제들은 다 세상을 떠나고 병약해서 제일 사람 구실 못하던 아버지 혼자 남았다. 열심히 건강을 챙긴 덕분이었다. 어렸을 땐 너무 자신만 챙기는 아버지가 미웠다. 수년 전 남동생이 갑자기 세상을 등졌다. 악이 바친 나는 아버지가 먼저 돌아가셨으면 동생은 가지 않았을 거라고 악다구니를 해댔다. 딸자식 입에서 그런 험한 말이 나오는데도 아버지는 먼 산만 바라보셨다. 그렇게 태연해 보이는 모습이 싫어 한동안 친정 발걸음을 하지 않았다.

올해도 어머니의 손맛을 배우러 내려갔지만 버무린 김치

를 통에 담아오기만 했다. 해마다 아버지는 "이제 힘들어 못한다. 너희가 내려와서 담가가라."고 하시면서 벌써 몇 년째 자식들 먹일 김치를 두 분이 담그신다. 미안한 마음에 "어머니의 손맛은 언제 배워요. 우리도 자식에게 전수해줘야 하는데요." 하면 "그때는 사먹으면 된다." 하시는 아버지.

말없이 견뎌왔던 세월이 주마등처럼 스치는지 아버지의 눈자위가 벌게졌다. 슬쩍 눈두덩을 훔치는 아버지의 손이 눈에 들어왔다. 마디마디 툭툭 불거진, 쭈글쭈글하고 쩍쩍 갈라진 손등에서 고단했던 삶의 더께가 고스란히 전해졌다.

동생의 전원생활

몇 년 전 여동생이 귀농을 했다. 동생의 집은 시골 농가를 개조해서 절로 사용하던 집이었다. 절집답게 주변은 아름답게 조성되어 있었다. 한국의 미를 살린 기와에 바람결에 흔들리는 풍경소리는 고즈넉한 저녁에 기울어가는 석양과 멋진 조화를 이뤘다. 봄이면 울타리로 심은 꽃나무가 화사한 꽃 대궐도 만들었다.

내가 꿈꾸던 그런 집이었다. 잔디를 심은 마당에 강아지들이 뛰어놀고 오밀조밀한 텃밭에선 갖가지 채소가 자라는 그림 같은 풍경이었다. 나는 거기에 한수 더 떠 확 트인 테라스에서 시골 풍경을 바라보며 글을 쓰는 모습을 상상했다. 마당에 돗자리를 깔고 누워 개구리 울음소리 들으며 별빛이 쏟아지는 하늘을 바라보면 글이 절로 써질 것 같았다.

하지만……. 그 환상이 깨지는 데는 한 해도 채 걸리지 않았다.

부처님이 이사를 가시고 난 집은 휑하니 찬 기운만 감돌았다. 불상을 모시던 안방은 사람이 살기에는 불편했다. 거기엔 오롯이 부처님만의 자리인 듯 턱이 너무 높았다. 방 가운데를 떡 버티고 선 두 개의 둥근기둥도 법당용으로 세워져 방이 아니라 절에 와있는 착각이 들었다. 수년 동안 집안에서 맴돌았을 향내음도 한몫 거들었다. 대대적인 보수가 필요했다. 실상을 들여다보니 겉보기만 아름다웠지 40년도 넘은 집을 여러 주인이 거치며 자기 식으로 개조해 너덜너덜 낡아 있었다. 조금만 손을 본다 해도 수리하는 데 수천은 든다는 견적이 나왔다. 고민하던 동생은 친정아버지를 모셔왔다.

젊은 시절부터 손재주가 좋으셨던 아버지는 집수리에도 일가견이 있으셨다. 낡은 친정집도 아버지가 이리저리 손을 맞춰 지금껏 건재하고 있다. 팔순이 넘으신 아버지는 그래도 자식에게 보탬이 된다는 보람으로 열심히 일하셨다. 3개월 동안 집과의 사투가 벌어졌다. 황소바람이 들락거리는 나무문을 새시로 바꾸고 벽에 단열재를 넣고 방구들을 새로 놨다.

노쇠한 몸으로 벽을 깨기 위해 망치질을 할 때마다 아버지의 몸도 부서질 것 같았다. 그래도 아버지는 생의 마지막이라 생각하시는 듯 온 힘을 다해 집수리를 끝내셨다.

도배까지 새로 마친 날 어머니는 동자승 열댓 명이 줄지어 동생 집을 나가는 꿈을 꾸셨다며 신기해하셨다. 다음 날 아침, 집 뒤의 텃밭을 올라가다가 깜짝 놀랐다. 어머니가 표현했던 그 동자승 모형의 인형들이 바위틈에 옹기종기 모여 있었다. 절집에 대해 은근히 걱정하던 어머니는 "이제 이 집이 제대로 동생집이 될라나 부다." 하시며 마음을 쓸어내렸다.

집안이 어느 정도 정리되자 이제 텃밭이 기다리고 있었다. 농사를 한 번도 안 지어본 동생은 제일 먼저 농기구들을 사들이고 귀농 카페를 들락거리며 농사일을 배웠다.

첫해는 의기충천해서 500평 남짓의 밭이 모자랄 정도로 골고루 많은 채소를 심었다. 하루 종일 밭에서 살다 보니 동생의 얼굴과 팔다리는 시커멓게 타고 체중은 계속 줄어 갔다. 처음 보는 사람들은 동생에게 다문화가정의 외국인이냐고 물었다. 한 달에 두세 번 시골에 내려가면 팔을 걷어붙이고 동생을 도와야 했다. 우아하게 테라스에서 힐링하며 글을 쓰겠다던 생각은 그야말로 야무진 꿈의 한 장면이 되어버렸다.

전원생활은 그림만 아름다울 뿐 손이 가지 않고 거저 얻어지는 것은 하나도 없었다. 풀을 뽑고 돌아서면 미친년 치맛자락처럼 풀이 또 자랐다. 나물을 뜯거나 열매를 따는 것도 가시에 긁혀가며 온 산을 헤매야 했다. 온 식구가 매달려 일했지만 농사의 대부분은 씨앗 값도 못 건지고 수확을 마무리지었다.

그다음 해 동생은 밭농사를 반으로 줄였다. 땅을 놀리기는 아까웠던지 남은 땅에는 과실수를 심었다. 매실, 돌복숭아, 살구 등등. 나무는 그래도 손이 덜 가 수월하다는 거였다.

한동안 같이 지내며 도와주시던 부모님이 친정집으로 돌아가자 동생은 다시 직장을 다니기 시작했다. 농사만으로는 생계를 유지하기도 힘들거니와 여자 혼자서 시골생활은 만만한 콩떡이 아님을 깨달은 것이다.

귀농 4년 차가 되면서 동생은 반으로 줄였던 농사를 또 반으로 줄였다. 이젠 손바닥만한 텃밭에 혼자 가꿀 수 있는 몇 가지 채소와 콩만 심었다. 한 해가 지나자 심어 놓은 과실수마저 비실비실 말라 죽고 빈 땅은 잡초들 세상이 되었다. 힘에 부친 땅이 애물단지가 되어 버린 것이다. 그런 동생을 보며 언제 시골생활을 접겠다는 폭탄선언을 할지 가족들은 조마

조마 지켜보고 있다. 동생을 통해 내 시골생활도 가늠하고 있는 터라 그녀의 결단은 중요한 기로에 서있다.

나는 동생이 그토록 바라던 전원생활이 계속되기를 바란다. 환상은 깨졌지만 그래도 밤하늘의 별 잔치와 반딧불을 볼 수 있는 낭만만으로도 절반의 성공은 거둔 게 아닐까 싶어서다.

햇볕이 따뜻한 봄날 오후, 툇마루에 앉아있자니 향긋한 꽃향기가 바람결에 실려 온다. 매향이다. 척박한 땅에서 그래도 실하게 살아남은 매화가 꽃을 피운 것이다.

안단테, 안단테, 라르고. 어느 여행사 광고 문구다. 천천히 걷거나 느리게 여유를 가지고 연주하듯 여행하라는 문구처럼 여동생의 전원생활도 그렇게 천천히 여유로워지길….

(『2020 pen문학』)

슬픔의 농도

토요일 오전, 한창 수업 중인데 전화가 뜬다. 딸이다. 순간 등골에서 싸한 기운이 올라왔다. 주말이라 아직 잠자리에서 뭉기적거릴 시간이다. 수업 중이라는 문자를 보내고 밖으로 나와 전화를 걸었다. 받는 순간부터 딸의 울음이 터져 나온다. 사위가 쓰러져 응급실에 왔다는 것이다.

전에도 한 번 그런 적이 있었기에 이번에도 대수롭지 않게 여겼다. 그런데 딸의 울음소리가 가슴을 파고든다. 하던 수업을 접고 부랴부랴 병원으로 달려갔다. 다행히 내가 수업하던 장소에서 병원은 지척이었다. 코로나19로 보호자 외에는 들어갈 수도 없었다. 딸에게 전화를 했다. 나를 본 딸은 더 서럽게 울며 내 품에 안긴다. 토닥여 주며 자초지종을 들었다. 울면서 띄엄띄엄 전하는 이야기 속에서 사태가 심각하다는 걸 느꼈다. 아침 일찍 운동한다고 나갔다가 갑자기 쓰러져 심정지 상태가 왔다고 했다.

구급차에서 계속 인공호흡을 해도 심장이 뛰지 않는단다. 의사는 힘들겠다며 고개를 저었다. 일단 시술을 하기 위해 수술실로 옮겼다. 보호자 외엔 안 된다는 만류를 뿌리치고 병원으로 들어갔다. 뒤늦게 연락받은 사부인도 도착했다.

딸들의 부축을 받으며 온 사부인이 수술실 앞에서 실신해 버렸다. 사부인에겐 천금 같은 아들이었다. 시술 후 중환자실로 옮겼다. 심장박동기와 인공호흡기를 달았다. 생명연장이었다. 실오라기 같은 기적을 바라며 하루하루를 보냈다. 딸은 남편이 살아날 거라며 굳게 믿는 듯했다. 나 역시 간절한 마음으로 세상에 계시는 온갖 신을 다 찾아 기도했다. 하루하루 중환자실에서 어떤 희망의 소식이라도 날아올까 병원 쪽만 바라봤다. 결국 의사는 사망선고를 내렸다. 보름 만이었다.

코로나로 다들 간소한 장례를 치르지만 사돈은 마지막 가는 아들 외롭지 않게 해 준다며 손님을 받았다. 이제 5학년인 손주와 딸이 상주로 서있다. 만 서른아홉의 사위가 영정

사진 속에서 지인과 친척들을 맞이하고 있었다. 5대 독자 장손이라고 귀하게 키운 손주는 검은 상복에 치여 땀을 줄줄 흘리고 있다. 아직 제 아비의 죽음을 실감하지 못하듯 멍한 표정이다. 손주만이 아니었다. 딸도 나도 시댁도 장례식장을 꽉 채운 손님들도 사위의 황망한 죽음 앞에 어리둥절하고 있었다. 입관식에서 사위의 얼굴을 봤다. 수의를 다 입히고 망자와 인사를 했다. 마지막 보는 사위의 얼굴은 평온했다. 사위의 가슴에 손을 얹고 속삭였다.

"15년 동안 내 사위로 있어줘 고마웠네. 주원이랑 소이 앞으로 잘 살 수 있게 하늘나라에서 꼭 지켜봐주게. 잘 가게 내 사위."

장모가 화장장까지 따라가야 되나 고민했다. 그러다 곧 무너져버릴 것 같은 딸의 모습을 보고 용기를 냈다. 딸 곁에 어미가 있어야지 누가 있겠는가.

화장 시간은 길었다. 현재의 시간보다 기억 속의 시간이 더 길었다. 갓 대학에 입학한 딸과 어린 사위의 얼굴이 비쳤다. 천생연분이었는지 제 눈의 콩깍지였는지 사위는 딸을 보고 한눈에 반해 3년을 따라다녔다. 아파트를 나설 때마다 늘 문 앞에 서있던 젊은 청년이 사위였다. 결국 둘은 결혼했다. 3년 만에 아들도 낳았다. 지지고 볶으면서도 한 생을 같이 할 줄 알았는데 저렇게 뜨거운 불속에 누워 육신마저 이승 떠날 준비를 하고 있다. 억겁 같은 시간이 흘렀다. 전광판에 불이 들어온다. 사위는 한 줌의 재로 유골함에 담겼다. 손주가 영정사진을 들고 딸이 유골함을 안고 뒤따른다. 내가 죽어서, 지 아비가 죽어서 들고 가야 할 유골함을 왜 내 딸이 지금 들고 가야 하는지. 깡마른 몸에 검은 상복을 입고 걷는 딸의 뒷모습에 또 한 번 억장이 무너진다.

유골은 서해바다가 훤히 내려다보이는 전망 좋은 절에 모셨다. 40년의 짧은 생보다 더 오래갈 영혼의 집이었다. 살면서 힘들었던 짐 다 내려놓고 신선처럼 유유자적 세상과 바다를 내려다보며 지내라고 염원했다.

삼우제에 봉안 당을 찾았다. 사부인이 아들 유골함 앞에 쓰러져 울고 있다.

매일매일 아들을 보러 오신다고 관리인이 귀띔해 준다. 그 모습에서 내 친정어머니를 보았다. 아들을 잃은 지 10년이 되어가도 어머니 가슴은 아직도 타고 있다. 동생의 이름을 부른 것도 금기시되고 하루의 반을 아들을 위한 기도로 보내신다. 그 마음을 알기에 감히 옆에 서있는 것조차 부끄럽다.

49제를 치르고 딸과 여행을 떠났다. 앞으로 험한 세상을 헤쳐 나가야 할 딸과 손주에게 잠시라도 휴식을 주고 싶었다.

아침이 깨어나는 시간, 휴양림을 걷는다.

이어폰을 꽂고 음악을 들으며 천천히 걷는다. 아직 잠들어 있는 나무에게 새들에게 풀벌레에게도 음악을 들려주고 싶다. 가문비나무 숲에선 이어폰을 빼고 나무들에게 김호중이 부른 〈천상재회〉를 들려줬다. "천상에서 다시 만나면……."

아름드리나무 아래 〈숲은 의사 없는 병원〉 이란 팻말이 눈에 띈다. 울창한 숲 사이로 아침 햇살이 비치기 시작한다.

십이령을 넘으며

파란 하늘과 솔향기가 어우러지는 햇빛 좋은 날, 십이령을 넘는다. 간단한 등산가방 하나 메고 걷는 데도 헉헉대며 연신 땀이 흐른다. 십이령은 200여 년 동안 보부상들이 다니던 옛길이다.

보부상들은 소금과 미역, 건어물을 바지게에 지고 열두 고개를 넘어 봉화나 춘양, 영주로 갔다가 피륙이나 곡물로 바꿔 다시 고개를 넘었다.

첫 봉우리 쇠치재를 지나 바릿재를 넘는데, 저 멀리서 자신의 키보다도 높은 등짐을 지고 재를 넘는 보부상들이 어른거린다. 그 일행들 사이로 자전거를 탄 아버지가 겹쳐 보인다.

팔도를 떠돌다 오지 중의 오지인 울진에 정착한 아버지는 자전거에 생필품을 싣고 장마당을 찾아다녔다. 울진 흥부장에서 고초령길을 넘어 매화장으로 구루령길을 넘어 평해장, 죽변장, 호산장으로. 장마당에서 돌아오시는 아버지 자전거 뒤에는 갯내음 물씬 나는 생선 몇 마리가 매달려 있었다. 파장쯤 다 못 판 해산물과 아버지의 물건을 맞바꾼 것이었다. 어머니는 그 생선을 조리해 온 식구가 둘러앉아 늦은 저녁을 먹었다.

중학생이 되고부터 방학만 되면 버스를 타고 십이령을 넘었다. 울퉁불퉁한 산길을 돌고 돌아 영주에서 울진까지 7시간이 걸렸다. 보부상들이 걷던 숲길이 조금씩 다져져 그나마 차 한 대 다닐 수 있을 만큼 넓어진 길이었다. 산허리를 돌 때마다 버스는 긴 경적을 울렸다. 그러면 차들은 군데군데 만들어 놓은 갓길에서 기다려줬다. 거북이처럼 느릿느릿 산길을 오르던 버스는 모래재, 살피재, 막고개를 넘어 꼬치비재 약수터에서 한참을 쉬어 갔다. 약수도 마시고 한숨 돌리며 앞으로 넘을 재를 가늠했다.

가장 믿었던 친구에게 전 재산을 잃고 건강마저 나빠진 아버지에게 한 지인이 오징어 배를 타면 돈을 많이 벌 수 있다고 귀띔해줬다. 고만고만한 자식이 넷이나 딸린 아버지는 고

31

민을 거듭하다가 십이령을 넘었다. 하지만 오징어잡이도 한 철이었다. 그 후의 생계가 막막해지자 자전거에 양은냄비, 수세미, 플라스틱 바구니 등을 싣고 장마당을 돌아다니기 시작했다. 자전거는 산길을 오르내리고 바닷바람을 맞아가며 동해안 구석구석 안 가는 곳이 없었다.

손재주가 좋았던 아버지는 부서지거나 고장 난 물건들도 고쳐줬다. 선풍기며 우산, 라디오, 시계 등등 이집 저집서 가지고 나온 망가진 물건이 모여 동네 마당은 수리점으로 변했다. 자연히 아버지 인기는 좋아졌고 신이 나 더 열심히 시골 마당을 돌아다녔다. 자전거 덕분인지 아버지의 건강도 좋아져 갔다. 시장에 가게를 차리면서 장돌림을 그만둬도 되었지만 힘이 부쳐 자전거를 탈 수 없을 때까지 행상을 계속하셨다.

찬물내기 쉼터에서 점심을 먹었다. 동네 아낙들이 탐방객들에게 음식을 팔고 있는 주막이었다. 직접 채취한 산나물로 만든 비빔밥은 진한 숲 향기를 내며 입안으로 퍼진다. 거기다 막걸리 한 잔 곁들이니 땀 뻘뻘 흘리며 걸어온 수고가 스르르 졸음과 함께 날아가 버린다. 무거운 소금 짐을 지고 올라온 보부상들의 꿀같은 휴식을 알 것 같다. 술 한 잔도 입에

못 대시던 아버지는 어떻게 이 재를 넘었을까. 물건을 하러 대처로 나가기 위해 수도 없이 십이령을 넘었을 아버지의 거친 숨소리가 고개마다 한 조각씩 매달려 있는 듯하다.

숲길 중간중간, 깊게 파인 금강송의 등허리가 검게 그을려 있다. 밤길을 걷던 보부상들이 송진으로 불을 밝히느라 그리되었단다. 샛재 주막터에는 화전민들이 사용하던 가마솥과 깨진 옹기들이 여기저기 흩어져 있다. 사약으로 사용되었다는 천남성이 빨간 열매로 새들을 유혹하고 보라색의 궁궁이, 수꾸쟁이가 천진스럽게 바람에 흔들리고 있다. 자연은 예나 지금이나 그대로니 그들도 저 꽃을 보며 시름을 잊었겠지…. 잠시 눈을 감고 바람소리에 귀 기울여본다. 어디선가 보부상들이 부르던 노랫소리가 들린다.

미역, 소금, 어물지고 춘양장은 언제 가노.
대마, 담배, 콩을 지고 울진장은 언제 가노.
반평생 넘던 고개 이 고개를 넘는구나.

아버지가 생각난다. 자신만이 꿈꾸던 삶이 있었을 텐데. 유복했던 시절과 공들여 한 공부 다 팽개치고 외진 산골에 들어와 장터를 전전하던 신산한 삶을 나는 오래도록 이해하지 못했다. 아버지에게도 가족은 등짐이었을까?

해가 뉘엿이 넘어갈 무렵, 꼬치비재를 지나 집으로 가는 나와 구부정한 허리로 자전거를 타고 고개를 넘는 아버지가 십이령 중간쯤 너불한재에서 만나고 있다.

어머니의 집

    다리가 불편한 어머니를 모시고 친정집에 왔다. 근 1년만에 온 집은 썰렁하고 을씨년스러웠다. 안부삼아 한 바퀴 둘러보니 한동안 사람 손길이 닿지 않은 흔적이 여기저기 보인다. 회칠이 벗겨진 벽과 얼룩덜룩 빛바랜 천장은 덧붙인 벽지와 땜질된 시멘트로 누덕누덕 기워져 간신히 집의 체면을 지키고 있다. 담장 밑에 가꾼 화단도 꽃보다 잡초가 더 무성하다.

    집에 도착하자마자 어머니는 피곤함도 잊은 채 집 구석구석을 씻어 내셨다. 안주인의 손길이 그리웠던지 뼈만 남아 앙상한 집은 어린애 마냥 온 몸을 맡기고 고분고분 그동안 쌓인 먼지를 털어내고 있다. 80년 넘게 살아내느라 근육이 말라 축 늘어진 살피와 어머니의 굽은 허리가 집과 묘하게 어울렸다.

어디에도 정착하지 못하고 떠돌던 아버지를 따라다니다 심신이 지칠 무렵 어머니는 이 집과 만났다. 아버지의 길고 긴 방랑이 끝난 것이다. 이사 가던 날, 팥죽을 쑤어 문지방과 대들보에 바르며 오래오래 이 집에서 살게 해달라는 어머니의 기도소리를 들었다. 그 소리에는 자식들을 끌고 이집 저집 옮겨 다니고 전학을 밥 먹듯 해 어린 마음에 상처를 줬던 미안함이 서려있었다. 바람이 이루어졌는지 그 후 아버지는 어디에도 가지 않고 한곳에 머물렀다.

세월이 흘러 하나 둘, 자식들이 떠나자 집에는 부모님만 남았다. 어머니가 늙어갈수록 집도 같이 낡아 갔다.

둘째 여동생이 충청도 어느 시골에 촌가를 사서 내려가자 어머니는 50년 가까이 살던 집을 비우고 미련 없이 동생에게로 왔다. 혼자 사는 딸이 마음이 안 놓여서다. 첩첩 두메산골 인가가 없는 산골짜기라도 가서 살 수 있다며 큰소리치던 동생은 일주일을 못 버티고 어머니에게 도움을 요청했다.

여동생의 집은 두 시간에 한 번쯤 버스가 지나가는 산촌에 있다. 그것도 버스를 타려면 20분은 걸어 신작로까지 나가야 한다. 동생이 차로 모시고 나가지 않으면 다리 아픈 노인에겐 외출은 꿈같은 일이었다. 어머니는 밭일이나 효소 담그는 일로 사계절을 보내며 하루 종일 밭과 우물가를 맴돌았다. 해가 뜨면 일어나고 해가 지면 잠자리에 드는 하루일과는 시골생활에 익숙지 않은 어머니에겐 짧고도 긴긴 하루하루였다. 몇 년 전까지만 해도 곧았던 등은 점점 구부러져 자꾸만 쪼그라들었다. 가끔 해가 지고 나면 어머니는 마당에 나와 동쪽 하늘을 바라보고 계셨다. '화단에 풀도 뽑아줘야 되고 뒤란의 심어 놓은 복숭아랑 포도는 열매를 속아줘야 하는데……울릉도 나물은 이제 쇠서 못 먹겠고마.'

초점 없이 흔들리는 어머니의 눈빛엔 집 생각이 가득했다.

들깨까지 털고 밭일이 끝날 무렵 어머니의 마음을 눈치 챈 막내 여동생이 하던 일을 잠시 접고 시골집으로 내려왔다. 그 틈을 이용해 어머니를 친정집으로 모셔다 드리기로 했다.

차를 타고 가는 내내 어머니 얼굴은 상기되어 있었다.

"엄마, 집에 가는 게 그리 좋아요?"

"그럼, 반평생 가까이 정붙이고 산 집인데. 나한테는 그 집이 자식 같은 기라."

어머니의 손길이 닿자 휘-익 댓바람소리만 들렸을 집안과 뒤란이 한결 아늑해졌다.

이제 자식들은 다들 제 살길 찾아 떠났지만 집안 구석구석에 묻어있는 식구들의 체취와 방마다 남겨놓은 흔적들을 쓸고 닦으며 여생을 보내시리라.

(2014 『부천수필』)

자명종

아침 6시 알람이 울린다. 남편이 일어나 샤워를 한다. 여느 때와 똑같이 아침을 먹고 출근 준비를 한다. 조간신문을 읽고 텔레비전을 켠다. 그동안 틈틈이 보던 바둑 프로그램이다. 얼마 지나지 않아 그것도 시들한지 TV를 꺼버린다. 남편의 눈동자가 여기저기 떠돌다 탁자 위에 놓인 책 한 권을 집어 든다. 퇴직자 연수원에서 받은 '중용'에 관한 책이다. 한번 펼쳐진 책은 몇 분이 지나도 그대로다. 눈은 책에 있는데 생각은 다른 곳을 헤매고 있다. 한참을 그렇게 있더니 소파에 누워버린다.

이제 출근할 일도 나갈 곳도 없는 남편이다. 마지막 날 두툼한 쇼핑백을 안고 현관문을 들어설 때만 해도 그의 모습은 후련해 보였다. 한 직장에서 35년을 근무했으니 쉬고 싶을 때가 한두 번이 아니었을 게다. 오랜 근무에 비해 마지막 정리는 단출했다. 읽고 있는 책 한 권, 수첩 두 권, 세면도구, 자명종 2개. 오히려 직원들이 보내준 덤이 더 많았다. 꽃바구니에 와인 한 병, 향초, 등등. 떠나는 선배를 위해 각자 마음을 보탰나 보다.

그날 밤, 꽃바구니를 앞에 놓고 와인을 마시며 직장생활을 무사히 마치고 귀환한 남편을 환영했다. 인생 1막을 잘 끝냈으니 앞으로의 2막도 술술 풍기는 꽃향기처럼 달콤하게 설계했다. 느긋해지고, 여유로운 시간을 갖자고 술잔을 부딪치며 '당신 멋져'(당당하고, 신나고, 멋지게, 져주며 살자)를 외쳤다. 하지만 며칠은 가리라 생각했던 꽃향기는 다음날 아침, 술이 깸과 동시에 사라져 버렸다. 휴일이나 쉬는 날 틈틈이 실습을 했건만 연습이 아직 덜된 탓인지, 첫날부터 시행착오다. 아침부터 남아도는 시간에 뭘 해야 될지 몰라 안절부절못한다. 이제 편안하게 늦잠을 즐겨도 되련만 머리맡에는 핸드폰과 자명종 2개가 나란히 놓여 있다. 3개의 종은 6시를 기점으로 1분 간격으로 울려댔다. 여행이나 친정에 간 것 빼고는 하루도 빠짐없이 아침밥을 해 댄 나도 이제 좀 편해지나 싶었는데 눈치 없이 불어대는 '휘파람' 소리에 잠을 잘 수가 없다. 직업적 습관이다.

새벽 방송이 있을 때마다 몇 개의 자명종을 분 단위로 맞춰 놨단다. 그러고 보니 남편의 직장생활은 자명종의 연속이었다.

8년의 임기를 마치고 퇴임하는 '오바마' 미국 대통령은 퇴임 후 첫날 구상에 대해 묻는 기자의 질문에 "자명종을 맞춰 놓지 않고 실컷 잠을 자고 느긋하게 빈둥거릴 것"이라고 했단다. 자명종을 끄고 느긋하게 빈둥거리는 것이 모든 퇴직자의 로망인가 보다. 남편 역시 그럴 거라 했지만 습관에 지고 말았다.

대학을 졸업하기도 전에 방송국에 입사했다. 라디오 편집국으로 발령 나 평생을 라디오와 함께 살았다. 유난히 새벽 근무가 많았다. 집에서도 아내보다도 알람을 더 신뢰하고 숙직실에서 새우잠을 자다가도 알람 소리에 벌떡 일어나 방송실로 달려갔다. 초를 다투는 시간과의 싸움은 늘 긴장의 연속이었으리라. 함께 새벽 방송을 하던 모 아나운서는 시간을 못 맞춰 툭하면 방송 사고를 냈다. 오지 않는 진행자를 기다리며 스텝들 모두 초주검이 된 적이 한두 번이 아니라 했다.

남편은 회사가 고맙다고 입버릇처럼 말했다. 불안하고 두

렵기만 했던 청춘의 어두움 속에서 회사는 그의 미래를 밝혀 준 서치라이트 불빛이었다. 그래서인지 애사심도 강했다.

1983년 2월 25일 일요일로 기억된다. 우리나라에 경계경보가 발령되었다. 이웅평 소령이 비행기를 몰고 귀순했을 때였다. TV를 보면서 갓 태어난 딸을 목욕시키고 있는데 뉴스 속보가 계속 흘러나왔다. 남편은 아기를 목욕시키다 말고 후다닥 예비군복을 입었다. 회사에 간다며 집 밖으로 나가려는 찰나 상황이 종료되었지만 놀란 나는 하마터면 아기를 물에 빠트릴 뻔했다. 남북 이산가족 찾기도 그랬다. 83년 6월, 원래 하루만 하기로 계획했던 방송이었는데 신청자가 밀려들어 138일 동안 계속되었다. 생방송이라 밤새 일하고 와서 쉬지도 못하고 또 일터로 나갔다. 모두가 이산가족의 애끓는 사연을 들으며 같이 힘들어하고, 만남에 기뻐하고, 안타까움에 술잔을 기울였다. 그 시절 남편의 몰골은 마치 노숙자 같았다.

평생을 가족보다도 회사가 우선인 사람이었다. 술을 좋아해 고주망태가 되어도 다음날 어김없이 출근을 했다. 술 때문에 많이도 다쳤지만 서른다섯 해 동안 결근 한 번 안했다.

그런 남편이 집으로 돌아왔다. 하루 종일 함께해야 하는 시간이 아직은 낯설고 어색하지만, 마라톤 완주를 끝내고 돌아온 남편에게 마음을 다해 응원을 보낸다. 이제부터 서로의 자명종이 되어 새로운 2막을 잘 헤쳐 나가자고….

(2018 『부천작가』)

지후

어느 날, 며느리가 다니던 학교에 휴직계를 냈다. 안식년처럼 한해 쉬고 싶다 했다. 일 년 가까이 꽃꽂이며 뜨개질, 요가 등 취미생활을 하더니 임신했다는 소식을 전해왔다. 내색은 안했지만 아기를 가지려고 노력했던 며느리의 생각을 알았기에 그저 말없이 지켜보기만 했다.

한여름 무더위가 기승을 부리던 7월 29일 아기가 태어났다. 손자였다. 아들과 며느리는 은근히 딸을 기대한 눈치였지만 나는 손자가 좋았다. 키울 때 아기자기한 재미는 없을지라도 어딘지 든든해 보였다. 내겐 아직 남아선호 사상이 남아 있나 보다. 딸 셋에 아들 둘을 둔 친정아버지도 세 딸이다 아들이길 바라셨다. 남편도 첫째가 아들이 아닌 것을 무척 섭섭해했다. 아기를 낳기도 전에 아들 이름만 줄줄이 지어 놓았다. 그런 아버지와 남편에게 불평을 하면서도 나도 모르게 아들바라기가 되어갔다. 빨리 아기에게 이름을 지어 주고 싶었다. 아들 내외가 아기 이름 대여섯 개를 보내주며 골라보라고 했다. 며느리가 담임인 반에서 반듯하고 공부 잘하는 아이들의 이름이란다. 그 이름을 들고 작명소로 달려갔다.

　평생 붙어 다니는 이름이 중요하다며 할아버지는 작명가에게 쌀 한 가마니를 주고 내 이름을 지어주셨다. 할아버지가 그랬듯이 나도 손자에게 좋은 이름을 주고 싶었다. 아메리카 인디오들은 이름을 얻기 위해 이름 명명식을 한다. 추장이나 주술사가 아이를 두고 기도하면 어떤 이름이 떠오르는데, 그 이름대로 아이의 운명이 정해진다고 믿었다. 나도 손주를 위해 간절히 기도했다. 작명가가 뽑아준 몇 개의 이름 중 '지후'가 우리에게 왔다. '밝고 빛나고 빼어나며 뜻과 마음이 두텁고 단단하다'

　며느리와 아기가 한 달 간의 산후조리원 생활을 끝내자 일주일에 한 번씩 지후를 보러 다녔다. 아직 육아휴직 중이라 하루 종일 아기와 있는 며느리에게 자유 시간을 준다는 건 핑계다. 카페에 가거나 친구를 만나거나, 영화를 보라고 할애한 몇 시간 동안 마음껏 손주를 보기 위해서였다. 그런 마음을 읽었는지 며느리는 아기의 하루 일상을 사진이나 동영상으로 찍어 보내준다. 할머니는 할머니다. 손주 봐주기 힘들다는 친구의 하소연도, 절대 봐주지 말라는 충고도 무시한 채 며느리가 복직하면 아들 집 근처로 이사를 가야 하나 고민하고 있으니 말이다.

동영상이 왔다. 아기가 함미 함미 부르며 아장아장 걷는다. 화면을 향해 꽃을 주더니 또 한 송이를 빼서 이번엔 하부지를 부른다. 이제 첫돌이 지난 아기는 생각을 말로 옮기는 연습 중이다. 그림책을 보면서도, 공원 미끄럼틀에 기대서도 혼자서 알 수 없는 외계어를 구사한다. 어느 땐 쏠라쏠라 하다가 혼자 씩 웃기도 하고 밥 먹다가 닭똥 같은 눈물을 줄줄 흘리기도 한다. 우리가 이해하지 못하는 아기의 세계가 있다. 지금 할 수 있는 건 엄마, 아빠, 함미, 하부지, 꽃이라는 단어가 전부지만 머잖아 말문이 트이면 머릿속에 있는 생각들을 쏟아내 어른들을 당황하게 할지도 모른다.

그때를 대비해 열심히 할머니 공부를 해야겠다. 처음 세상을 향해 걸음마를 떼는 아기나 할머니가 처음인 나나 실수투성이겠지만 그래도 즐겁게 갈 것 같다.

갑자기 우리 할머니가 떠오른다. 뭐든 오냐오냐 다 받아주던 할머니. 아이 버릇 나빠진다고 며느리 눈총을 받아가면서도 감싸주던 할머니. 살면서 힘들어 주저앉고 싶을 때 떠올리면 고향처럼 푸근해지는 쉰내 나던 할머니의 체취. 오래오래 생각나는 이름 할머니. 지후에게 나도 그런 할머니가 되고 싶다.

아기에게 꽃을 받은 중년의 할머니는 매일 배달되는 동영상에 푹 빠져 스스로 손주바보가 되어가고 있다.

할머니가 그러셨지

터덜터덜 산골길을 달리던 버스가 멈췄다. 뽀얀 먼지가 일어 앞이 잘 보이지 않는다. 더듬더듬 엄마 팔에 안겨 차에서 내리자 버스는 더 짙은 흙먼지를 일으키며 떠나갔다. 정류장에서 할머니 집까지는 한참을 가야 한다. 두 살배기 동생을 업고 머리에 보따리까지 인 엄마는 내 손을 잡고 비탈길을 걸어갔다. 혼자 걷기도 힘든 좁은 길을 둘이 걷자니 내 발은 자꾸 밭고랑 쪽으로 미끄러졌다. 엄마는 그런 나를 잡아끌다시피하며 아슬아슬 걸어간다. 저 멀리서 누군가 한달음에 달려오는 게 보인다. 할머니다.

"오메오메 내 새끼들 어서 오니라."

"오느라 고생했제. 버스가 설 때마다 혹시 내리나 해서 신작로만 내다보고 있었는데…. 아이구 그새 많이 컸구마."

　엄마 손에 대롱대롱 매달려 걷는 나를 덥석 업고 잰걸음으로 앞서 간다. 걸어가면서도 고개를 돌려 나를 쳐다보고 목에 감긴 내 손을 만지작거리며 입가에 웃음이 떠나질 않았다. 다섯 살이나 먹은 손녀가 무거울 텐데 힘든 내색 없이 집까지 업고 가 툇마루에 내려놓았다. 할머니 얼굴이 잘 익은 수박 속처럼 발갛게 물들었다. 흠뻑 젖은 나일론 적삼도 등에 착 달라붙어있다. 할머니는 우물가로 가 찬물 한 바가지를 떠 세수를 하더니 얼른 함지박에 참외랑 수박을 담아 내오신다. 아침 일찍 텃밭에서 따다 우물물에 담가놓았던 것이다.

　할머니 집에 가면 나는 귀한 대접을 받았다. 논물 보러 들에 나갈 때도 호박 하나 따러 밭에 갈 때도 다 큰 손녀를 업고 다녔다. 찐 계란에 금방 긁은 고소한 누룽지에 할아버지만 드시는 귀한 꿀까지, 먹을 것이 내 손에서 떠나질 않았다. 하루 종일 할머니 뒤를 졸래졸래 따라다니면서 새끼제비처럼 덥석덥석 받아먹었다.

　내 입에 맛있는 걸 넣어 줄 때마다 할머니의 눈빛은 애처롭게 빛났다.

"에구, 동생 때문에 제대로 못 챙겨 살이 쏙 빠졌구나."

할머니는 내 갓난아기 때의 일을 꺼내셨다. 엄마가 젖이 안 나와 할머니가 나를 업고 젖동냥을 하셨다는 이야기다. 젖먹이가 있는 집을 찾아다니며 그 집 아기 먹고 남은 젖을 내가 얻어먹었다. 그때 맘껏 못 먹인 것이 할머니에게 아픈 기억으로 남아 있었다.

엄마는 버릇없어진다며 할머니의 행동을 못마땅하게 바라봤다.

"집에만 가봐라. 국물도 없다."

어리광이 늘어가는 나를 흘겨보며 혼잣말을 했다. 할머니의 든든한 백이 있으니 집에서는 못하던 짓도 서슴없이 했다. 반찬투정에 밥을 안 먹겠다고 떼를 쓰고 이유 없이 칭얼거리며 엄마를 힘들게 했다. 그럴 때마다 할머니는 참기름에 날계란 하나 톡 넣어 밥을 비벼주셨다. 한 숟갈만 한 숟갈만 하시며 떠먹여 주는 눈엔 사랑이 가득 담겨 있었다. 때론 투정을 부리다 할아버지께 혼나기도 했다. 한 번은 반찬 투정하는 나를 가만히 바라보시던 할아버지가 갑자기 내 밥그릇을 마당으로 내던져 버렸다. 밥그릇은 깨지고 밥알이 흙바닥에 나뒹굴었다. 하루 동안 절대 밥 주지 말라는 엄명도 떨어졌다. 저녁쯤 할아버지가 논에 나가셨다. 할머닌 장독대 옆에 쪼그리고 앉아 훌쩍거리는 내게 오시더니 앞치마에서 조그만 천 보자기를 꺼내셨다. 김에 싼 주먹밥이었다. 점심에 저녁까지 쫄쫄 굶던 나는 허겁지겁 주먹밥을 먹어치우고 그 다음부턴 절대 밥투정을 하지 않았다.

초등학교에 들어가서도 할머니 집에 가고 싶어 방학만 기다렸다. 할머니 집이 보이는 마을 어귀만 가도 마음이 푸근해졌다. 엄마의 사랑엔 자식에 대한 기대치가 있었지만 할머니의 사랑은 무조건 퍼주는 사랑이었다. 그 사랑이 힘들 때 살아가는 힘이 됐다.

세월이 흘러 나도 할머니가 되었다. 나도 모르게 할머니를 닮아가고 있다. 세월이 변해 할머니가 했던 방식은 아니지만 손주를 사랑하는 마음은 옛날 할머니 모습 그대로다.

어느 날, 손주가 감기에 걸렸다. 며느리와 함께 병원에 가서 번갈아가며 아기를 돌봤다. 아파서 칭얼거리는 아기에게 과자를 먹이는 나를 보더니 며느리가 말한다.

"어머니 눈에서 꿀 떨어져요."

말문이 트여 재잘거리는 아기가 곧잘 하는 말이 있단다.

"함미 집에 가고 찌포."

오늘도 현관문이 열리고 아기가 아장아장 걸어온다.

제2부
다림질하다

이놈의 짝사랑은

드디어 참았던 봇물이 터졌다. 조촐한 저녁상에서 기분 좋게 취해가던 남편이 깜짝 놀라 어쩔 줄 모른다. 10여 분을 오열하던 내 입에서 신음소리 같은 한마디가 뱉어졌다.

"나쁜 놈."

놀라서 불안하게 눈동자만 굴리고 있던 남편의 얼굴이 더 굳어진다.

"2주 동안 연락 한번 없고…"

그제야 큰 숨을 몰아쉬며 남편의 얼굴에 긴장이 풀린다.

"내가 전화해 볼까?"

"아니 하지 마요."

아들이 결혼하고 분가한 지 3개월이 지났다. 결혼을 준비하고 식을 올릴 때까지만 해도 아들과 함께 며느리도 덤으로 얻는 줄 알았다.

사근사근하진 않았지만 듬직하고 신중해서 믿음이 가는 아들이었다. 명절이나 제사 때도 시집간 누나 대신 같이 장을 보고 엄마 공부에 필요한 컴퓨터 프로그램도 깔아주고, 아버지가 해주지 못하는 소소한 집안일도 군말 없이 해주었다. 때론 술 마시고 늦는 아버지를 대신해 엄마의 말동무도 되어주고, 제 아버지에 대한 불만을 쏟아 놓아도 빙그레 웃으며 열심히 들어줬었다. 그리고 결혼 후에도 자주 들리겠다던 녀석이었다.

신혼여행을 다녀오고 일주일이 지나도 연락이 없기에 여행의 피로감으로 힘들겠지 하고, 새로운 환경과 살림가구 등을 정리하느라 바쁘겠지 생각했다.

물어볼 말이 있어 문자를 보내도 답이 없다. 예전 같으면 지가 먼저 셔츠 다려 놨냐, 세탁소에서 양복 찾아 놔라, 택배가 갈 텐데 받아 달라는 등, 수시로 카톡을 보냈었다.

처음엔 며느리가 같이 있어서 그러나 했다. 자주 연락하면 마마보이로 찍힐까봐 조심하나 싶어 나도 며느리를 의식해 연락을 삼갔다. 하지만 마음은 오만가지 생각으로 들끓었다. 맛있는 음식을 해놓고 먹으러 오랄까? 필요한 물건을 사 놓고 가지러 오랄까? 별 궁리를 다 해보았지만 그냥 생각으로 끝났다. 먼저 결혼한 딸의 훈수가 떠올랐기 때문이다.

"엄마! 한창 신혼인데 시댁에서 자꾸 오라, 가라 하면 시어머니 미움 받아. 시댁에서 챙겨 주는 것도 싫어하니까 그냥 마음 비워요."

'사춘기가 되면 남남, 군대 가면 손님, 장가가면 사돈. 3대 정신 나간 여자 중 하나가 며느리의 남편을 아직도 아들로 착각하는 여자'라며 '요즘 아들 시리즈'를 들려주던 경험자들의 말에 공감하면서도 섭섭한 마음은 자꾸만 쌓여 갔다.

아들을 결혼시키고 얼마간은 홀가분했다. 부모로서 할 일을 다 했다는 만족감도 있고 식구가 없으니 반찬이나 빨래, 청소 같은 소소한 집안일도 줄어들어 편하기도 했다.

하지만 언제부턴가 마음이 공허해지고 사는 게 재미없고 사람들을 만나도, 무슨 일을 해도 즐겁지가 않았다. 멍하니 앉아있다 답답해 밖에 나가 할 일 없이 여기저기를 헤맸다. 얼굴에서 웃음이 사라지고 나도 모르는 사이 점점 깊은 우울 속으로 빠져들며 포기라는 극단의 단어가 서서히 고개를 들었다.

이런 증상이 빈둥지증후군이라는 걸 나중에 알았다. 할 일 없이 인터넷을 뒤지다가 빈둥지증후군을 앓고 있는 사람의 글을 읽어보니 나와 증세가 똑 같았다. 이것에서 빨리 벗어나려면 즐겁게 몰입할 수 있는 뭔가를 찾으라는 조언도 잊지 않았다.

한동안 손을 놓았던 공부를 다시 시작했다가 3개월 만에 심한 위궤양으로 병원신세를 지고 말았다. 공부에 매달리다 보니 우울함은 좀 사라지는 것 같았지만 억지로 하는 공부가 스트레스를 가중시켜 병이 악화될 수 있으니 휴식을 취하라는 진단이 내려졌다. 의사의 진단을 제일 반긴 건 남편이었다. 이제 제때 밥 좀 얻어먹겠다며 얼른 책을 분리수거함에 넣어버렸다.

어느 날, 아들이 빠져나간 방을 정리하다 옷장에 남겨두고 간 셔츠를 발견했다. 낡아서 못 입거나 입다가 싫증난 옷들이 서랍 한 귀퉁이에 구겨져 있었다. 하나도 버리지 못하고 정성스럽게 다림질해 걸어놓았다. 그중 내가 입을 만한 것들을 골라 수시로 꺼내 입는다. 사이즈가 맞지 않아 헐렁하긴 하지만 옷마다 아들의 체취가 느껴져 곁에 있는 것 마냥 좋다. 이렇게 오래오래 옷 주인의 체취나마 느끼고 싶다.

에구… 이놈의 짝사랑은 언제나 끝나려나.

(2015 『부천수필』)

그러게 말입니더

여동생과 한 달째 묵언수행 중이다.

친정에 갔다가 이틀 밤을 자고 올라오는 날. 된장, 고추장, 김치에 말린 생선까지, 차에 실을 짐 보따리를 보더니 동생이 입을 열었다.

"언니야! 짐이 와 이리 많노?"

"야! 그래도 니 몸무게보다는 적게 나간다."

그러자 동생이 발칵 화를 내며 냅다 소리를 질렀다.

"나중에 늙어서 구박을 얼마나 받을라꼬 그냥 막 지끼노."

무방비상태로 한마디 했다가 지르는 소리에 놀라 기어들어가는 목소리로

"자극을 받아야 살을 빼지."

"됐고 마, 니가 내 살찌는데 도와준 거 있나?"

생각지도 못한 말을 듣고 집으로 올라오는 내내 심기가 불편했다.

'내가 남편이 없나, 자식이 없나, 나이가 적나, 왜 지한테 구박받아야 해.'

10살이나 어린 동생한테 그런 소릴 듣다니 속이 들끓기 시작했다. 운전을 하면서 한마디도 하지 않았다. 내 기분을 알았는지, 아님 서운한 게 있었는지 동생 역시 말이 없다. 그렇게 5시간을 달려 동생을 내려주고 내 집에 왔다.

'나중에 구박을 얼마나 받을라꼬……' 소리가 계속 귓전에 맴돌았다. 지난날을 되돌아봐도 생각할수록 괘씸했다.

'내가 지한테 사 먹인 빵이 얼마고, 해멕인 밥이 얼만데.'

혼기를 놓친 동생은 다니던 직장을 그만두고 미용을 배워 모 대학 근처에 미용실을 열었다. 그때까지만 해도 나한테 깍듯했다. 나이 차이가 많은 큰언니라 엄마처럼 의지하는 것 같기도 했다. 발에 불땀이 나도록 일하는 동생이 안쓰러워 쉬는 날이면 먹을 것을 싸가지고 갔다. 미용실은 특성상 제 때 밥을 챙겨 먹을 수가 없다. 손님이 많은 날엔 쫄쫄 굶다가 늦은 저녁을 허겁지겁 먹기가 일쑤였다. 그러다 보니 몸이 점점 불어나기 시작했다.

어느 날, 동생은 10여 년을 해오던 미용실을 접더니 우리 집 근처로 이사를 왔다. 처음엔 한두 달 쉬다가 다시 일을 시작하려니 했다. 그게 일 년, 이 년, 삼 년이 지나자 가족들 모두 조바심이 났다. 입을 꾹 다문 채 고양이와 개만 키우며 은둔하는 그녀를 속절없이 지켜보고 있을 뿐이다.

가까이 살지 않았다면, 어쩌다 한 번씩 봤다면 이렇게 골이 깊어지진 않았을 것이다. 어머니는 친구나 사람들도 안 만나고 집에만 틀어박혀 있는 딸 걱정에 늘 노심초사하셨다. 혹여 마음 상할까 눈치만 보는 부모님을 대신해 나는 동생 집을 수시로 드나들었다. 혼자서 무료할까 봐 시간만 되면 밥 사 먹이고, 개 산책시키고, 동생을 데리고 친정도 더 자주 오갔다.

누구든 너무 가까워지면 사단이 나나 보다. 말이나 행동에 조심성이 없어지고 하는 짓마다 눈에 거슬리기 시작했다. 나이가 50이 넘어 가는데 시집도 안 가고 그동안 모아 놓은 돈을 곶감 빼먹듯 하고 있는 동생이 한심스러웠다. 그러니 툭툭 뱉는 말이 고울 리 없었다. 동생 역시 놀고 있는 제 마음도 모르면서 잔소리하는 언니가 귀찮았을지도 모르겠다. 그렇게 쌓였던 사소함이 증폭되어 버럭 지르는 소리로 터졌을 것이다.

누군가의 충고가 떠올랐다. 상대방에게 베푸는 친절과 배려가 지나치면 관계를 해칠 수 있다고. 처음엔 고맙고 미안한 마음이 시간이 지나면 당연한 걸로 받아들이고 조금 부족하면 섭섭해진다는 것이다.

서로 왕래가 없이 몇 달이 흘렀다. 그 사이 동생이 직장을 나간다는 소식을 어머니를 통해 들었다. 반려동물을 먹이기 위해 돈을 번다는 것이다. 칼로 물 베기처럼 우리 사이는 다시 회복되었다. 그런데 반전이 일어났다. 그렇게 살이 쪘던 동생이 날씬해지기 시작했고, 내 몸무게는 점점 불어 예전의 동생만큼 올라간 거였다. 한번 찌기 시작한 살은 내 의지와 상관없이 가속도가 붙어 어떻게 손쓸 새도 없이 불어나더니 영 빠지지 않았다.

얼마 전, 시골에 내려가 둘이 나물을 뜯고 있는데 지나가던 이웃 할머니가 나를 처다보며 혀를 끌끌 찼다.

"동생은 저렇게 날씬한데 언니는 와 이리 살이 쪘노? 살 좀 빼소마."

  그 말을 들은 동생이 고소한 듯 나를 바라보며 한마디 한다.

  "그러게 언니야, 말 마구 지끼지 말랬지."

  그리고 한 달째 나는 또다시 동생과 묵언수행중이다.

(2019 『부천문학』)

다림질하다

　햇볕이 쨍쨍한 날, 뽀송뽀송 마른 옷가지들을 걷어서 다림
방으로 들어간다. 그곳은 누구도 침범할 수 없는 나만의 공
간이다.

　다림질할 옷들을 수북이 쌓아놓고 한 장 한 장 다려나가다
보면 무의식중에 나를 만나고 아들을 만나고 또 남편을 만난
다. 서로 시간들이 맞지 않아 함께하지 못했던 가족들을 다
림질하며 만난다.

　깨끗이 세탁되었지만 옷에서는 나름의 체취가 묻어난다.

　남편의 체취는 믿음직함과 성실함이다. 30년 동안 한눈팔
지 않고 한 직장만 다녔다. 가끔은 싫증도 나고 힘들어서 직
업을 바꾸고 싶었겠지만 한 번도 그런 내색 없이 자기 일에

만족하며 묵묵히 견뎌 냈다.

닳아 해어진 와이셔츠 깃에서 그의 마음을 읽는다. 옷 입는 게 무던해서 한번 인연을 맺은 옷은 낡아 너덜거릴 때까지 그의 몸에 붙어 있다. 유행에 따라 넥타이를 바꾸고 멋지게 옷을 입고 다니는 동료들을 보면 부럽기도 하련만 그런데는 전혀 무관심이다. 소매 끝이 해진 재킷을 입고 출근하는 남편을 보며 난 늘 잔소리를 늘어놓는다.

"어디 나가서 내 남편이라고 아는 척 하지 마요. 창피해요."

한번은 친구가 쇼핑가자며 집 앞에 와서 기다린 적이 있었다. 맘껏 치장을 하고 나가는데 남편은 후줄근한 모습으로 목욕탕에 간다고 따라 나섰다. 아파트 현관을 나서는 순간 밖에서 기다리고 있는 친구에게 보이기 싫어서 나도 모르게 튀어나온 한마디.

"당신 행인 2 하세요."

순간 남편은 뒤로 멈칫 물러서며 따라 나오질 못했다. 나는 그런 말 한 것을 두고두고 후회하고 있지만 남편은 내심 상처를 받은 모양이다. 가끔 술 한 잔 마시면 "나는 행인 2야."하며 농담 아닌 농담을 한다. 옷 한 벌 못 사 입을 만큼 여유가 없는 것도 아닌데… 그렇다고 자기만이 선호하는 스타일이 있어 마음대로 옷을 사줄 수도 없다. 어쩌다 같이 쇼핑할 기회가 있으면 여러 벌의 옷을 한꺼번에 사서 두고두고 입힌다.

구겨진 다림감에서 그의 고달픔을 본다. 남편으로서 아버지로서 그간 내색하지 못하며 안고 살아온 가장의 책임감이 다리미를 누르는 손끝에 그대로 전해진다. 언제나 이 중압감에서 벗어날 수 있을까? 정년퇴직을 하고 나면 한결 가벼우려나. 하지만 남편은 몇 년 남지 않은 정년이 기쁘지 않은 눈치다. 베이비부머 세대인 그는 정년 후에도 뭔가를 해야만 늘어난 수명에 맞춰 노후를 대비할 수 있다고 긴장을 늦추지 않는다. 그런 모습을 보며 앞으로 10년쯤 더 출근하는 남편의 옷을 다릴 수 있었으면 하는 소망을 가져본다.

아들의 옷은 큼직해서 다리기가 수월치 않다. 남편의 두 배는 되는것 같다.

남편의 옷은 한두 번만 주름을 잡으면 그냥 다릴 수 있는데 아들은 몇 번씩 손이 더 간다. 그래도 세상을 향해 막 출항한 아들 옷을 다림질할 때가 어느 때보다 기분이 좋아 나도 모르게 손놀림이 경쾌해진다.

아들의 체취는 과묵함과 신중함이다. 큰 체구만큼이나 말 한마디 행동 하나 허투루 하지 않는다. 한때는 그 과묵함이 답답해 안달이 난 적이 있었다. 고등학교와 재수시절, 열심히는 하는 것 같은데 성적은 오르지 않고 앞으로의 목표가 뭐냐고 물어도 묵묵부답일 때, 서로 가슴속에 불덩이를 안고 몇 해를 보냈다.

고등학교 중간까지도 서울의 S. K. Y 대학은 너끈히 들어 갈 줄 알았다. 기대치보다 훨씬 낮은 대학에 들어간 4년 내내 주변사람들에게 아들의 대학을 밝히지 못했다. 청년실업률이 높다는데 대학졸업 후 직장도 구하지 못하면 어떡하나 근심이 끊이지 않았다. 교복이나 티셔츠를 다릴 때마다 그런 엄마의 기대와 걱정을 꾹꾹 눌러 다렸다. 표현은 하지 않았지만 부모의 심기를 아들이 모를 리가 없었다.

대학을 졸업하자마자 아들은 몇 군데 우수한 회사에 척하니 붙었다. 환경이 사람을 변하게 하는지 집에서 몇 마디 말도 하지 않던 과묵함이 사라지고 종종 속엣말을 하는 아들과 마주하는 저녁 식탁이 즐겁다.

요즘 아들의 옷에는 희망이 묻어있다. 흰색이나 무채색인 남편의 옷 색깔에 비해 아들의 색상은 총 천연 무지개색이다. 사회에 첫발을 내디딘 신입으로 좌충우돌 실수도 많겠지만 앞으로의 삶을 이끌어갈 젊은이의 패기가 옷에서도 느껴진다.

뜨거운 김이 훅 하고 지나가면 구겨진 옷가지들이 반듯하게 제 모양새를 잡아간다.

쭈글쭈글 굵은 주름이 잡혀있던 와이셔츠 등판은 고속도로처럼 매끄러워 지고 내 원피스에 그려진 초원에는 꽃들이 피어나고 나무들이 자라고 세상의 온갖 빛깔과 사물들이 선명해진다. 그 과정이 너무 좋아 시간가는 줄 모르고 다림질을 한다.

한동안, 세상사 모두 잊고 마음속에 응어리진 모든 고민을 쓱쓱 밀고 나간다.

2012. 8. 17 (2012 『부천수필』)

딸과의 산책

시흥의 관곡지 옆 수로를 딸과 같이 걸었다.

이곳은 딸이 어린 시절을 보내던 곳이다. 아이가 태어난 지 6개월 되었을 때 시흥에 있는 방송국 사택으로 이사를 했다. 신앙촌이라 불렸던 범박동 산꼭대기 단칸 셋집에서 신혼시절을 보내다가 발령받은 KBS송신소에 사택이 있다기에 앞뒤 가리지 않고 들어온 것이다.

한 시간에 한 대씩 버스가 다니는 벽지긴 하지만 박봉에 전셋값은 물론이고 난방비와 수도요금도 내지 않으니 얼마나 다행인가. 가난한 부부에게 사택은 저축으로 목돈을 모을 수 있는 절호의 기회였다. 본사로 발령이 나지 않는 한 이곳에서 집 장만할 때까지 살아보자고 남편과 의기투합했다. 때론 왁자지껄한 도시의 소음이 그립긴 했지만 지낼 만했다.

철조망으로 둘러싸인 7만 여 평의 정원 안에는 사계절이 다 있었다. 개구리 울음소리를 들으며 모내기를 구경하고 장마철에는 논고랑에서 미꾸라지를 잡았다. 밤, 도토리를 줍고, 눈 덮인 들판을 바라보며 책을 읽었다. 해빙기엔 산을 뒤져 칡 캐는 재미에 푹 빠져 살았다. 아쉬움이 있다면 이웃이 없다는 거였다. 처음 입주했을 때는 서너 가구가 함께 살았는데 아이들이 초등학교에 들어갈 즈음, 한 집 두 집 이사를 갔다. 둘째가 아장아장 걷기 시작했을 때 우리 식구만 홀로 남았다. 그래도 집 장만 목표가 있었기에 꿋꿋하게 견뎠다.

막 세돌 지난 아들은 300미터쯤 떨어진 정문에서 집까지, 세발자전거로 아침마다 신문과 우유를 날랐다. 일 나가는 개미들과 풀숲의 방아깨비, 빗속에 잘못 나온 지렁이가 아이의 친구였다. 작대기로 친구들의 대장 노릇을 하다가 심심하면 보초 서는 청원경찰 주위를 빙빙 돌았다. 그 모습이 안돼 보였는지 들일하는 아저씨들이 손수레에 태우고 놀아주었다.

딸의 친구는 오로지 엄마였다. 어릴 땐 밝고 환하던 아이가 점점 말수가 줄었다. 딸의 유일한 일과는 옆 동네 교회에서 운영하는 선교원에 다녀오는 거였다. 그러던 딸이 초등학교에 입학했다. 다른 집들처럼 학군 좋다는 서울로 이사를 갈까도 생각했지만 집 장만이 여의치 않아 조금만 더 살기로 했다. 학교는 버스를 타고 20분쯤 걸리는 읍내에 있었다.

1학년 1학기가 끝나갈 무렵, 아이가 돌아올 시간이 되었는데도 오지 않았다. 걱정이 되어 정문까지 나가봤더니 문 밖에서 오도카니 서있는 게 아닌가. 땡볕에 얼마나 오래 서있었는지 온몸이 땀에 푹 젖어있었다. 안쓰럽기도 하고 화도 치밀어 올라, "왜 문 열어 달라는 말도 못 하느냐"며 야단만 쳤다. 정문을 지키는 청원경찰은 딸은 한 번도 문 열어 달라는 말을 하지 않는단다. 알아서 열어줄 때까지 마냥 기다린다는 거였다. 당장 시내 학교로 전학을 했다. 이사를 한 뒤에도 딸의 과묵함은 변하지 않았다. 말수도 없고 마음을 잘 표현하지도 않았다. 외로운 사택 생활이 그렇게 만들었다는 생각보다 그게 아이의 성격이려니 했다.

20여 년 만에 어릴 적 자주 왔던 수로를 걸으며 딸이 마음을 열었다. 내겐 고향 같은 이곳이 딸에겐 잊고 싶은 기억이었다. 따뜻하고 푸근하고 평화롭다는 느낌보다는 친구 하나 없이 혼자 지냈던 외로움이 더 남아있단다. 게다가 버스를 타고 학교를 오가는 것이 여간 고역이 아니었다. 아침시간에는 어른들 틈에 끼여 숨쉬기가 힘들었고 하굣길엔 사택 앞에 내려달라는 말을 못해 다음 정거장에서 걸어오기 일쑤였단다.

"만원 버스에서 사람들에 밀려 차문 밖으로 떨어지기도 했었어. 엄마."

"그때 바로 말하지 그랬어."

"그럼 엄마가 속상해할까 봐."

부모의 이기심에 딸의 유년이 슬픔으로 얼룩졌는데도 못난 엄마는 모르고 있었다. 가끔 어린 시절의 추억을 들춰내도 무심해 보이던 딸의 속내를 자세히 들여다보려 하지도 않았다. 그냥 내성적이고 말없는 아이로만 생각했다.

딸을 꼭 안아주었다.

"그런 아픔을 마음에 담고도 예쁘게 자라줘서 고마워 딸!"

딸이 환하게 웃었다. 딸이 웃는데 왜 눈물이 나는지…. 나는 딸의 모습을 핸드폰으로 찍어댔다. 웃는 딸의 사진 뒤엔 물을 가득 담은 수로와 송신소의 안테나와 너른 들판이 그림처럼 펼쳐 있다.

초록이 눈부시던 6월의 어느 날, 햇살이 알맞게 내리쬐는 한가한 오후였다. (2017 『부천수필』)

사랑이 왔다

오랜만에 문우들과 찻집에 모였다. 둘레둘레 둘러앉아 이런저런 이야기를 하다보면 자연스레 오가는 대화가 글쓰기로 이어진다. 그중 한 문우의 글로 이야기꽃을 피웠다.

그녀의 글은 감칠맛 나고 맛깔스럽다. 문장마다 감정의 농도가 알맞게 섞여 싫증 날 틈을 안 준다. 글이 살아서 펄떡펄떡 뛰는 것 같다가 어느 땐 멜랑꼴리한 기류가 흐르기도 한다. 감정을 가지고 노는 고수다. 처음부터 그러진 않았다. 20년 가까이 봐왔지만 언제부터였는지 모르겠다. 그러다 영화 음악을 진행하는 한 남자에 대해 이야기하다 그 진실이 밝혀졌다.

남편과 자식밖에 모르던 무미건조한 삶에 변화가 생겼다. 사랑이 찾아온 것이다. 그렇다고 부도덕의 선을 넘은 게 아니었다. 아가페와 에로스 사이를 줄타기하듯 걸어갔다. 과도하지 않게 아슬아슬 이쪽저쪽 경계를 넘나들었다. 그때 나오는 도파민이 글쓰기의 원천이 되었다. 글에 신선한 바람이 불고 에너지가 쭉쭉 넘쳤다. 감정만으론 좋은 글을 쓸 수 없다. 그녀는 그 에너지를 공부로도 옮겼다. 인문학을 탐독하고 글에 감정을 불어넣는 연습을 했다. 그렇게 10년이 흐르는 사이, 나는 그녀의 애독자가 되어있었다.

집에 돌아와 가만히 나를 들여다본다. 한심하다. 언제부터 이렇게 비어 버렸나. 그녀가 사랑의 옥시토신으로 열정적 글을 쓸 때 나는 뭘 했을까. 내게도 그런 썸이 있기나 했을까. 서재 구석에 꽂혀있는 내 수필집을 꺼내봤다. 퀴퀴한 냄새가 코끝을 스친다. 종이도 누렇게 변해버렸다. 마치 고고학 서적을 보는 듯하다. 찬찬히 읽어본다. 완숙미는 없어도 곳곳에서 에너지가 솟아오른다. 생각해보니 그 시절에는 사랑과 열정이 가득했었다. 혼자만의 사랑을 썸으로 착각할 때도 있었지만 그게 무슨 대순가. 누군가를 좋아하면 상대의 무심한 행동도 나와 연결시켜 사랑으로 승화시키면 된다. 그 승화가 삶에 엔진이 되어 글을 쓸 수 있게 시동을 걸었다.

아마 그때부터였을 거다. 내 몸 속에 잠의 여신이 스며들어 몇 시간 머물다 가면서 사랑의 기운을 거둬가 버렸다. 방사선 치료를 받고 호르몬 억제제를 먹는 동안 정말 호르몬이 바뀌었는지 그렇게 왕성하던 삶의 의욕이 사라져 갔다. 매일 들락거리던 사우나도 뚝 끊었다. 짝짝이가 된 가슴을 보이기 싫어서였다. 남들은 관심도 두지 않을 텐데 혼자의 자격지심이었다. 대부분은 병을 앓고 나면 살아있는 순간에 감사하며 더 열심히 살려고 노력한다. 덤으로 살아가는 순간순간이 얼마나 소중한지 알기 때문이다. 하지만 나는 거꾸로 갔다. 매사에 소심해지고 건강에 대한 두려움이 앞섰다. 사회활동에 적극적으로 나서려다가도 환자라는 강박에 극 소심해져 내 그림자 뒤로 숨곤 했다.

시간이 흐르면서 언제 두근거리던 설렘이 있었나 싶게 가슴속에 컴컴한 동굴이 하나 생겨버렸다. 동굴은 먼지처럼 떠다니던 남은 썸마저 모두 빨아들였다. 사랑이 빠져나가니 글도 삶도 삭막해졌다. 늘 곁에서 지켜보던 친구는 세 가지 악재가 겹쳐서 그렇다 했다. 건강과 자식들의 출가와 갱년기.

갱년기. 겪어보지 못한 사람은 이해하기 힘들 것이다.

지독한 시간들이 강물처럼 흘러갔다. 그러던 어느 날, 영원히 오지 않을 것 같던 암흑의 동굴에 한 줄기 빛이 들어왔다.

사랑이다.

과학계에선 블랙홀 연구가 활발히 진행 중이란다. 블랙홀에서 새로운 별들이 태어난다는 것이다. 어느 은하계든 중심에는 블랙홀이 있어 주위의 모든 에너지를 흡수하지만 때가 되면 압력을 이기지 못하고 폭발해 새로운 별을 만든다는 설이다.

내 마음에 훅 들어온 한 남자가 핸드폰 영상 저 너머에서 말을 건다.

"함미함미, 이쁘 짜랑해."

그 한마디에 내 안에 잠자고 있던 설렘 세포가 폭죽처럼 터지면서 어둠의 성이 허물어졌다. 뭐든 빨아들이기만 하던 동굴에서 새 별이 탄생되는 순간이다. 이제 24개월 된 남자와의 썸은 현재 진행형이다.

상처 보듬다

 무릎이 깨졌다. 언제나 마음이 급한 게 사달이다. 그날도 그랬다.

 수업을 마치고 느긋하게 걸어오는데 문자가 왔다. 마감 임박한 수필을 한 편 보냈는데 봐달라는 지인의 부탁이다. 상당히 급해 보였다. 마침 저 앞에 정류장이 보였다. 막 정차한 버스 뒤에 내가 탈 버스가 오고 있다. 승객이 없는 한가한 시간이라 그냥 지나갈지도 모른다는 조바심에 뛰기 시작했다. 그러다 정차한 버스 옆에서 그만 발을 헛디뎌버렸다. 무릎이 꺾이면서 차바퀴 밑으로 굴러들어 갔다. 다행히 차가 출발하려는 찰나 용케 빠져나와 허겁지겁 뒤차에 올랐다. 그런 내 모습을 지켜봤는지 운전기사가 놀란 눈으로 쳐다봤다. 무릎에서 끈적한 액체가 흘러나와 옷과 엉키는 느낌이 들었지만 창피함이 먼저였다. 별거 아닌 척하고 얼른 자리에 앉았다. 한 정거장쯤 지났을 때 슬그머니 내 모습을 살펴보았다. 책과 소지품을 담은 하얀 에코백에 바퀴 자국이 선명하게 박혀 있다. 두툼하게 껴입은 패딩점퍼에도 흙먼지가 뿌옇게 묻어 있다. 그제서야 다리가 욱신욱신 쑤신다는 걸 알았다.

주위를 둘러보았다. 뒤쪽에 아는 얼굴이 보였는데 나를 알아보지 못하는 것 같았다. 모자에 마스크까지 쓴 게 다행이었다. 기사도 걱정스러운지 계속 룸 밀러로 내 모양새를 주시하고 있었다. 무릎을 구부릴 때마다 '아구구' 소리가 절로 나왔다. 버스에서 내려 집까지 가는 몇 분이 한 시간만큼 길었다. 집에 와 상처를 확인했다. 예전에 깨졌던 그 자리가 또 벌어져 있다. 벌써 세 번째다.

10여 년 전이다. 집에는 시골에서 큰아주버님이 올라와 계셨다. 모처럼 시댁 식구들과 점심 약속이 되어있었는데 그날따라 수업이 늦게 끝났다. 다급히 나오는데 핸드폰이 신경질적으로 울렸다. 남편이었다.

"빨리 안 오고 뭐해? 다들 기다리고 있는데."

짜증이 잔뜩 난 목소리다.

마침 정류장에는 내가 탈 버스가 정차해 있었다. 저걸 놓치면 10분 이상 기다려야 된다고 생각하니 아찔했다. 앞뒤 가릴 것 없이 하이힐 신은 것도 잊고 뛰다가 철퍼덕 넘어져버렸다. 다행히 버스를 타긴 했지만 찢어진 스타킹 위로 피가 철철 흘러내렸다. 그때도 아픔보다는 버스를 탔다는 안도감이 먼저였다. 그냥 낫겠지 하고 방치했다가 아무는 데 몇 달이 걸렸다. 첫 번째 상처 바로 그 자리였다.

초등학교 운동회 날, 달리기 선수로 뽑혔다. 학급의 명예를 걸고 열심히 달리다가 결승점을 앞에 두고 그만 넘어져버렸다. 타일 박은 선을 밟고 미끄러진 것이다. 순간 머리가 띵해지고 무릎에서 불이 나는 것 같았다. 다시 일어나 뛰었다. 3등이었다. 달리느라 무릎을 볼 틈도 없었는데 선생님이 난리가 났다. 결승선에 도착한 나를 둘러업더니 양호실로 뛰어가셨다. 피와 흙과 모래가 뒤섞인 상처를 씻어내자 무릎에 허연 뼈가 드러났다. 선생님은 또 나를 업고 병원으로 가셨다. 열두 바늘을 꿰매고 무릎을 칭칭 동여맨 채 보름 이상 학교를 못 갔다. 집에서 빈둥거리는 것도 하루 이틀쯤은 좋았다. 뻐덕 다리(벋정다리)의 답답함을 견디지 못하고 무릎을 구부리다 상처가 터지고 말았다. 시간이 흘러 터진 상처에서 새살이 올라왔지만 울퉁불퉁한 큰 흉터가 남았다.

흉터를 볼 때마다 넘어지고도 다시 일어나 달렸던 그날의 기억과 함께 나를 업고 뛰었던 선생님의 고마움을 추억할 수 있었는데…. 그 위로 지우고 싶은 상처가 두 개나 겹쳐버렸다.

깨진 무릎을 바라보다 문득 미안한 생각이 들었다. 이번 상처뿐만 아니라 이제까지 살아오면서 겪은 온갖 상처에도 참으로 무심했구나 싶어서다. 남의 이목이 두려워, 알량한 자존심 때문에 가슴 깊이 감추고 살았던 마음의 상처들이 흉하게 패인 무릎 위로 하나 둘씩 드러났다.

이번엔 제대로 치료하기 위해 병원에 갔다. 다행히 뼈에는 이상이 없단다. 더는 꿰맬 수도 없어 약만 바르고 되도록 무릎을 구부리지 않으려고 노력 중이다. 이제는 더 이상 덧나지 않게 조심조심.

오메 내가 왜 이러지

기다리고 기다리던 택배가 왔다. 티켓이다. 아들 며느리가 손가락 지문이 닳도록 누르고 눌러서 겨우 구했다며 의기양양하게 보내준 거다. 카페에는 아들딸에 친구, 사돈에 팔촌까지 동원했는데도 실패했다는 원망이 줄줄이 올라왔다. 티켓팅 시작 5분 만에 전석 매진이라는 기사도 떴다. 아들이 효도했다며 생색낼 만도 하다.

우연이었다. 무심코 TV 채널을 돌리다가 그를 봤다. 미스터 트롯이라는 경연 프로그램이었다. 10년 전 스타킹에 출연한 고딩 파바로티라고 자신을 소개했다. 배경화면에 영화 '파파로티'가 파노라마로 지나갔다. 2013년 그 영화를 보고 감동해 실제 주인공이 누굴까 몹시 궁금했었다. 경연 전 오페라 〈사랑의 묘약〉 중 '네순 도르마'를 부르는데 파워풀한 성량에 소오름이 쫙 돋았다. 온몸에 돋은 소름이 가시지도 않았는데 진성의 '태클을 걸지 마'라는 트로트를 또 감칠맛나게 불러재꼈다. 벌어진 입을 다물 수가 없었다. 일주일 내내 그 방송시간만 기다렸다.

아이돌 못지않은 미모와 퍼포먼스에 구수한 꺾기까지, 잠깐 눈 돌릴 틈도 주지 않는 재미난 프로였지만 내 눈에는 그만 보였다. 상위권에 진출할수록 혹시 실수라도 할까 조마조마 가슴 졸였다. 드디어, 결승전 날이 오자 나도 모르게 여기저기 전화를 돌리고 있었다. 딸, 아들, 친정엄마, 동생들, 올케까지 그에게 문자 투표하라고 협박 같은 종용을 했다. 심지어 다른 가수를 찍겠다는 남편 폰을 뺏어 그 이름을 눌러버렸다. 그런 열정이 어디서 나왔는지. 퇴근 후 현관문을 여는 순간 그가 부른 '고맙소'가 흘러나와야 안심이 된다는 남편의 빈정거림도 이쁘게 들렸다.

하루 종일 그가 출연한 영상과 노래를 찾아 듣고 밤에는 핸드폰을 꽂고 잠을 잤다. 같은 곡이 반복되는데도 한 음절이라도 놓칠까 귀 기울였다. 굵고 풍부한 목소리에 부드러움까지 곁들여있는 그의 노래는 엄마 품처럼 따스하고, 폭포수처럼 웅장하고, 애절해서 눈물이 났다. 곡마다 부르는 맛이 달라 계속 들어도 질리지 않았다. 코로나19로 외출 못하는 집콕의 답답함을 그의 노래로 견뎠다.

얼마가 지나서야 그의 팬 카페가 있다는 걸 알았다. 두 달 새 3만 가까운 팬덤이 형성되어 있었다. 대부분 5, 60대가 주류를 이뤘다. '가수의 노래에 반해 평생 처음 팬 카페에 가입한다는 수줍은 인사에' '아리스가 되심을 환영합니다. 함께 응원해요.'라는 댓글 수십 개가 주르륵 달렸다. 아리스(Aries)는 트바로티 김호중 가수를 사랑하는 아름다운 별들이라는 뜻이란다. 트로트를 잘하는 성악가라고 어느 팬이 붙여준 이름 트바로티를 가수가 좋아해 카페 이름이 트바로티 with 아리스다.

자식에게 다 퍼주고 싶은 어미의 마음들이 모여 카페는 늘 복작거렸다. 팬들에게 '사랑하는 내 식구님'이라고 불러주는 가수의 진심에 보답하듯 아리스는 어느새 5만이 넘는 대가족이 되었다. 가족은 지금도 계속 불어나고 있다.

카페에 가입하자 내 일상이 바뀌었다.

아침에 눈뜨면 조간신문 대신 카페에 들어가 댓글들을 읽으며 하루를 시작한다. 그가 부른 노래를 차트 인 시키기 위해 하루 종일 스트리밍하고 밤새워 노래 듣고. 선물이 뭔지 아지톡이 뭔지 뮤빗이 뭔지 도통 몰랐던 내가 아이들에게 자존심을 팍팍 죽여 가며 하나씩 배우고 있다. 참말로 이 나이에 내가 뭐하는 짓인가 싶다가도 그의 노래를 들으면 쌓였던 시름이 날아가 버리고 행복해진다.

그건 나만이 아니었다. 그의 노래에는 고질적 외로움까지 잊게 만드는 애절함이 있어 어떤 이는 우울증을 치료하고 어떤 이는 천국에 다녀온 것 같다고 했다. 결핍을 아는 사람만이, 가슴으로 노래하는 사람만이 낼 수 있는 음색에 그의 노래를 안 들어 본 사람이라면 몰라도 한번 듣고 나면 빠져나올 출구가 없다고 입을 모았다. 어린 시절부터 힘들었던 그의 삶에 보상이라도 해주려는 듯 제대로 된 가족이 없는 그에게 저마다 사랑으로 보듬고 걱정하고 응원했다. 남편과 나도 그를 가슴으로 낳은 둘째 아들이라고 우리 마음대로 정해 버렸다. 이제 23개월 된 손자가 TV에 나오는 그를 보면 반가움에 소리친다.

"우리 호쭝이다!"

힘들어 금방 지치겠지 했던 덕질이 지금도 계속되고 있다.

아주 오래 갈 것 같은 예감이 든다. 어느 가수의 팬이 "전엔 아버지의 가수셨는데 지금은 제 가수가 되셨네요."라는 말이 너무 좋아 "나도 그런 노래하는 사람으로 남고 싶다."는 그의 바람처럼 먼 훗날 내 손자가 어른이 되어, 제 아버지 손을 잡고 그의 콘서트에 가서 할머니를 추억하는 그날까지 그의 팬으로 남아있길 바란다.

마누라님 극성으로 다른 가수에서 내 가수로 갈아탄 남편과 그의 얼굴이 새겨진 보라색 굿즈를 입고 팬 미팅 갈 생각에 벌써부터 설렌다.

자몽한 날들

거실에서 늦도록 텔레비전을 보다 방에 들어왔다. 씻는 것도 귀찮아 물티슈로 대충 닦고 벌러덩 누웠다. 하루 종일 한 거라고는 청소기 한 번 돌리고 뒹굴거린 것뿐인데 세수하기도 싫다니. 잠을 청해 본다. 이런저런 생각이 실타래처럼 엉켜 잠은 더 멀리 달아나 버린다. 불을 켜고 머리맡에 놓인 책을 읽었다. 알랭 드 보통의 『젊은 베르테르의 기쁨』유쾌한 철학 에세이지만 두세 장 읽으면 눈이 스르르 감긴다.

엎드려 책을 읽는다. 몇 장을 읽었는데도 잠은 안 오고 정신만 말똥말똥하다. 팔꿈치가 아파 책을 덮는다. 몇 시나 됐을까. 충전시키고 있는 깜깜이 핸드폰을 집어 든다. 화면을 밀어 잠금을 해제하자 '부천시 2도, 미세먼지 좋음. 오전 2시

48분.'이 나란히 뜬다.

어제가 아니라 오늘 자고 오늘 눈뜨는 불면의 밤이 몇 주째 계속되고 있다.

유리창으로 아침 햇살이 몰려든다. 새소리도 들린다. 마음은 일어나라고 재촉하고 몸은 가위눌린 듯 꼼짝할 수 없다. 겉잠 속에서 꿈을 꾼다. 출근하는 아들 내외를 창 너머로 멀거니 바라보고 있는 아기. 어서 가서 봐줘야 하는데 몸이 움직이지 않는다. 친정으로 내려가고 있는데 다시 돌아가라고 손짓하는 노부모의 모습이 꿈속에서도 안타깝다. 볕이 쏟아져 들어와 누워 있기 힘들 때 부스스 일어나 아침을 먹는다. 아침이라야 과일과 군고구마 두 개다. 생체 리듬이 바뀌니 까슬까슬 입맛도 사라진다. 햇볕을 옴팍 받으면서 걷고 싶은 생각이 간절하다. 밖을 내다본다. 놀이터 주변에 산수유가 한창이다. 한중망을 뚫고 나온 노오란 햇살 같다.

중앙재난안전대책본부에서는 이틀이 멀다 하고 문자가 날아온다. '사회적 거리두기, 가족과 동료를 위해 모임을 잠시 멈춰주세요.'

중국에서 우한 폐렴이 돌고 있다는 시점부터 약간의 감기 기운이 있었다. 머리도 아프고 잔기침도 나고, 목도 따갑고,

콧물도 흘렀다. 그때까지 우리나라에 확진자가 많지 않았지만 면역력이 약한 나는 스스로 자가 격리를 시작했다. 만약 내게 코로나19가 들어오면 직장에 나가는 남편과 자주 만나는 아들 내외와 손주, 여동생들, 또 그들이 만나는 수많은 사람들……. 생각만 해도 끔찍했다. 처음엔 금방 끝나겠지 했다. 2월 마지막 토요일. 꼭 참석해야 할 결혼식이 있었는데 전날부터 감기 증세가 심해졌다. 동네 병원에서 진료를 받고 예식장에 갈 생각에 서둘렀다. 병원엔 의외로 환자가 많아 기다리는 시간이 길었다. 긴장하며 진료실에 들어갔는데 주사 놔주고 3일분 약만 처방해 준다. 코로나 검사를 할 수 있나 물었다. 열도 없고 중국도 안 다녀 와서 안 된단다. 다행이긴 하지만 결혼식도 못 가고 찜찜한 날들이 계속되었다. 그러다 '신천지 대구' 사태가 터졌다. 바짝 긴장이 됐다. 경북에 계신 부모님께 전화를 걸었다. 잘 있으니 걱정 말고 집에 있으라고 신신당부시다.

마스크 대란도 일어났다. 마스크 준비가 안 된 나는 우선 구한 몇 장을 출근하는 남편에게 내주고 방안 풍수가 되었다. 혹시나 해서 동네 주변과 이웃 약국을 다 돌아다녀도 마스크가 없다. 어떤 약국 앞에는 '마스크 없음. 언제 들어올지 모름'이라고 크게 써 붙어놓아 애써 들어갈 필요도 없었다. 주민번호로 마스크 5부제가 시행되는 날, 약국 앞에 줄을 섰다. 판매시간 전에 도착했는데 벌써 40여 명이 대기하고 있다. 시간이 지났는데도 개시를 하지 않자 지팡이에 의지해 서있던 할머니 한 분이 바닥에 털썩 주저앉아버렸다. 내 앞에 선 아저씨는 벌게진 얼굴로 연신 욕을 퍼붓는다. 마스크 안이라 내용은 잘 들리지 않지만 "두 장 주면서 우라지게 오래 기다리게 한다. 그것도 돈 주고 사는데…" 그런 불평이었다.

50분을 기다려 3,000원 주고 마스크 두 장을 받았다. 처음으로 내 손에 쥔 마스크다. 욕보다도 감사하다는 말이 먼저 나왔다. 일주일 내내 거풍해 재사용하던 마스크를 벗고 새 마스크를 썼다. 기분이 날아갈 것 같다. 어쩐지 기침도 덜 난다. 모처럼 동네를 한 바퀴 돌았다. 올망졸망 연둣빛 새순을 단 나뭇가지가 바람에 흔들리고 있다. 그동안 쌓였던 울화가 봄바람에 휘리릭 날아가 버렸다.

(2020. 4)

하늘아람 약국

　몸이 찌뿌드드하고 천근만근 무거울 때 '하늘아람 약국'에서 지어온 약을 먹는다. 사소한 일로 다퉈 남편과 냉전중일 때도 이 약을 먹는다. 한번만 복용해도 효과는 금방 나타난다. 피곤이 가시고 활기가 넘치고, 남편과도 스르르 화해를 한다. 오직 하늘아람 약국에서만 가능한 일이다. 이 약은 자주 복용해도 부작용이 없다.

　설날 아침, 음식 준비로 파김치가 된 내게 약이 배달되었다. 약사는 손아람. 내 며느리다. 직장일로 자주 찾아오지 못하고, 일도 못 도와주는 미안한 마음을 담아 약봉지를 건넸다.

　환자 이름 한성희 님. 하루 3회, 매식 후 30분 1포씩 복용. 복용시 참고 사항 '자신이 할 일을 다 한 후에 먹어야 효과가

있습니다.'

'사랑이 마구 넘치는 화목한 가정이 되는 약' '몸 튼튼 마음 튼튼 매일 건강한 약' '글이 안 써질 때 명문이 써지는 약' '아들 며느리가 속상하게 할 때 말 잘 듣게 해주는 약' '라이프 업! 동안 피부 미인이 되는 약'

한 번 복용하는 약봉지마다 예쁜 그림과 함께 이런 문구들이 적혀있다. 순간 피곤이 싹 가시고 섭섭했던 마음도 사르르 녹아버렸다.

명절 준비는 나 혼자 할 수 있으니 오지 말라고 했지만 내심 섭섭한 마음이 있었다. 30여 년을 혼자서 하는 일은 능률도 안 오르고 외로웠다. 여러 며느리들이 모여 북적거리며 웃음꽃 피는 그런 집이 부럽기도 했다. 아들을 결혼시키고 맞는 첫 명절이기에 며느리와 오붓하게 음식 만들 일로 들떠 있었다. 거기다 아들까지 덤으로 오면 가족이 다 모여 명절 준비를 하는 거였다. 그런 꿈이 빗나갔다. 교대 근무하는 아들이 올 수 없다는 거였다. "그럼 며느리 혼자 오면 되겠네." 라고 단순하게 한마디 툭 던졌더니 수화기 너머 들려오는 아들 목소리가 왠지 떨떠름하다. 순간 알아차렸다. 아직은 며느리 혼자 시댁에 오는 것을 불편해 한다는 것을. 전화를 끊고 아들에게 문자를 보냈다.

"식구도 없는데 음식도 조금만 하고 전은 그냥 한 접시 사서 놓지 뭐. 내일 아침에나 일찍 와." 했더니 금방 답이 왔다.

"그래도 되겠어요? 아직은 나도 처갓집 혼자 가라면 마음이 안 내킬 것 같아."

그렇게 또 혼자만의 명절 준비가 시작됐다. 전은 사자고 했지만 차마 그럴 수 없어 부치다 보니 양이 많아졌다. 별로 한 것도 없는데 정신없이 하루가 지났다.

명절날 아침 일찍 아들 부부가 왔다. 며느리는 전날 와서 못 도와준 미안함이 온몸에 묻어있다. 어제의 통화는 며느리 의향은 묻지도 않고 아들이 내린 결정이라는 걸 알았다. 그래도 본분을 지켜야 한다며 결정을 무시하고 시댁 행을 감행할 강단은 없었으리라.

차례가 끝나고 좀 한가로운 시간에 약봉지를 열어봤다. 초콜릿과 비타민, 견과류, 사탕을 넣은 이틀 분의 약이 들어있다.

반 아이들과 한 알 한 알 정성스럽게 넣었다는 약봉지에는 며느리의 마음이 고스란히 담겨 있다. 자신이 할 일을 다 하지 못했다는 죄스러움과 시어미에 대한 고마움이 봉지마다 가득 차있다. 참 이쁘다.

　오늘은 컴퓨터 앞에 앉아 '글이 안 써질 때 명문이 써지는 약'
을 입에 넣고 오물거린다. 금방 퍼질 약 효과를 기대하면서.

제3부
연잎 차(茶)

연잎 차(茶)

문 앞에 서성이는 연둣빛 봄을 초대하여 차를 마신다. 처음에는 들어올까 말까 망설이던 봄이 이젠 문만 열면 기다렸다는 듯 성큼 들어와 자리를 잡는다. 눈부신 햇살이 가슴팍까지 데워주는 이런 날에는 연잎 차가 제격이다.

연잎 한 줌 다기에 넣고 우러나기를 기다린다. 연잎 차는 친구의 언니가 준 것이다. 알맞게 우린 차를 찻잔에 따르고 창가에 앉아 봄을 만끽한다. 겨우내 알몸으로 추위를 견디던 나무는 가지마다 봉싯봉싯 푸름을 틔우고 있다. 연한 녹색 찻물에서 싱그러움과 상큼한 향기가 올라온다. 한 모금 마셔본다. 어지러웠던 마음이 맑아진다. 전시회를 찾아준 답례로 차 봉지를 안겨준 언니의 마음이 전해지는 듯하다.

그녀는 이번에 다도의 명인이 되었다. 어떤 경지에 도달해야 명인까지 오르는지 알 수 없지만 전시회장에서 시연하는 그녀의 모습은 음전하다 못해 함부로 다가갈 수 없는 상서로움까지 느껴졌다. 자기함지박에 띄워 놓은 연꽃 차는 다른 세계의 삶을 염원하는 나비처럼 화사하고 신비스럽다. 물기가 말라 바스러질 듯 쇠락해진 주검에 뜨거운 물을 붓자 생명을 얻은 듯 화르르 피어나는 모습은 신의 손길처럼 경건하다. 진흙 속에서도 고귀함을 잃지 않는 연꽃의 기품이 찻물에 그대로 전해지는 것 같다. 서양 미인들은 아름다운 피부를 가꾸기 위해 거품목욕에 와인을 마셨으나 동양에서는 연잎 우린 물로 목욕을 하고 백연잎차를 마셨단다. '서양인에 비해 동양 여인들이 동안인 것은 연의 마음을 닮아서가 아닐까' 하고 마음껏 상상의 나래를 펼쳐본다. 또 한 모금 마신다. 직접 연을 채취하여 이렇듯 향기로운 차를 만드는 그녀의 장인정신이 차향으로 오래오래 감돈다.

친정 집 주위에 연호정이란 호수가 있다. 군(郡)에서 직접 관리하며 정성을 들여서인지 주변 경관이 아름답고 아기자기하다. 게다가 7월쯤 되면 호수는 온통 연잎과 연꽃으로 뒤

덮인다. 바람이라도 부는 날엔 은은한 연향이 집 주위까지 날아와 나도 모르게 호수로 나가고 만다. 멀리서 보면 초록 파도 위에 분홍 돛단배가 이리저리 흔들리며 표류하는 것 같다. 심장이 벌렁거리고 발걸음도 빨라진다. 호수 주변만 가도 은은한 연향에 기분이 좋아진다. 비라도 오는 날에는 연 잎을 바라보며 오래오래 서있게 된다. 그것은 바로 지인의 시 한 편 때문이지도 모르겠다.

잎을 스쳐가는 바람 한 줄기, 맑은 빗방울로 받았다가/가슴 한복판, 뻐근히 차올라 그 무게 힘겨울 때면/ 또르륵, 휘청, 미련 없이 고인 물 쏟아내고 제 몸 곧추 세우는 저 환한, 비움의 미학 (안금자, 「연잎 위 물방울」 전문)

물방울까지도 팅겨내는 고고함을 차 속에 고스란히 녹여놓은, 그녀가 만든 차향이 바로 '비움의 미학' 같다. 그녀의 향기에 시간 가는 줄 모른다.

그날의 향기

집 전화벨이 울린다.

이상한 전화가 많아 망설이다 겨우 받았다. 국제전화다. 외국에서 올 전화가 없는데 살짝 걱정된다. 수화기 너머에서 낭랑한 여자 목소리가 들린다.

"혹시 한성희씨 아닌가요?"

"네 맞는 데요….."

" 나 김진희인데 알겠나"

"고등학교 때 서울로 전학 간… 그 김진희?"

35년 만에 친구와 통화를 했다. 내 전화번호를 몰라 여기 저기 수소문해 겨우 알았다고 했다. 미국으로 이민 가 바쁘게 사느라 많은 걸 잊고 살았단다. 지금은 여유도 생겨 취미

생활도 하며 행복하단다. 기쁜 듯 들뜬 친구의 목소리를 듣자니 그녀와의 마지막 만남이 떠올랐다.

삼청동 공원이었다. 사방이 꽃 대궐이다. 입구서부터 넝쿨장미가 달콤한 향내를 풍기고 있다. 꽃무더기 앞에서 기다리고 있던 친구가 먼저 알아보고 손을 흔들었다.

1년 반 만인데 친구는 많이 달라져 있었다. 경상도 억양은 싹 빠지고 "그랬니? 저랬니?" 말꼬리를 살짝 올렸다. 몸매는 더 야리야리해지고 옅은 화장으로 귀엽던 얼굴이 성숙해 보였다. 어깨까지 늘어뜨린 웨이브 머리에 핑크빛 원피스가 잘 어울렸다. 친구를 보자 갑자기 내가 너무 초라해졌다. 디룩한 몸살에다 맨 얼굴에 단발머리. 입학 기념으로 큰아버지가 맞춰준 수도복 같은 원피스에 연두색 구두. 내가 봐도 촌스럽다.

친구는 고등학교 2학년 초 서울로 전학 갔다. 문학반 활동을 하며 친하게 지냈어도 어쩐지 가정사 이야기는 하지 않았다. 갑자기 야반도주하듯 떠나고 난 뒤에야 소문이 돌았다. 어머니가 후처였다는 둥. 아버지가 사업이 망해 빚을 졌다는 둥.

친구가 이사를 가자 허탈해한 남자들도 많았다. 오동통하고 귀여운 데다 사교성도 좋아 남학생들에게 인기가 많았다. 서로 그녀를 차지하려고 자기들끼리 칼부림을 했다는 소문도 들렸다. 그래서 서둘러 이사를 갔다고도 했다. 그녀가 떠난 후 온갖 말들이 무성하게 떠돌다 사라졌다. 1년 후 편지가 왔다. 어느 대학 근처에서 어머니는 하숙을 치고 전학 간 학교에도 적응하며 잘 지내고 있다는 안부편지였다. 편지 끝엔 이런 말도 적었다. '내게 연락 온다는 말 누구에게도 비밀로 해줘.'

입학시험 치르고 서울로 온 내게 겸사겸사 자기 남자 친구를 소개해 주겠다고 했다. 괜찮은 남잔지 한 번 봐달라는 부탁도 잊지 않았다. 친구의 남자를 봐달라는데 내가 왜 설레는지. 새 신발을 사고 입을 옷과 맞춰보며 잠을 설쳤다.

둘이 이야기에 빠져 있는데 한 남자가 걸어온다. 해군장교였다. 모자 밑으로 파르스름 짧게 깎은 머리가 단정해보였다. 외모도 수려해 세련된 내 친구와 잘 어울렸다. 친구가 나를 소개했다. 웃으며 악수는 청하는데 손으로 전해지는 느낌이 어째 싸늘하다.

셋이 공원 산책로를 걸었다. 신사답게 예의를 갖춰 말을 걸어주긴 하는데 서늘함을 지울 수 없다. 돌다가 눈치껏 빠져야지 생각하고 발걸음을 빨리 했다. 걸을 때마다 새 구두가 빛났다. 하지만 그것도 잠시, 발뒤꿈치가 아파오기 시작했다. 아프다 못해 쓰려서 걸을 수가 없다. 내가 자꾸 뒤처지자 앞서 걷던 친구가 기다리는 횟수가 많아졌다. 남자의 눈에 귀찮은 표정이 역력하다. 이를 악물고 걸었다. 절뚝거릴 때마다 숲속에서 진한 찔레 꽃향기가 징글맞게 따라왔다. 점심을 어떻게 먹었는지, 차를 어디로 마셨는지, 어떻게 헤어졌는지 기억도 없다. 혼자 남게 되자 장미덩굴 사이에 주저앉아 구두부터 벗었다.

양쪽 발꿈치는 피가 흐르다 못해 피떡으로 뭉쳐있고 발가락은 터질 듯 물집이 잡혔다. 사람들이 쳐다보든 말든 양손에 구두를 들고 맨발로 걸었다. 그제야 꽃향기가 달콤해졌다.

긴 통화가 끝날 때쯤 그녀에게 물었다.
"지금 남편이 그때 그 해군이니?"
"아니, 그 후 바로 헤어졌지."
잠시 뜸을 들이던 친구가 말했다.
"장미꽃만 보면 니 생각이 나. 그날 발 많이 아팠지?"
순간, 진한 찔레꽃 향기가 물안개처럼 피어올랐다 사라졌다.

102

그분의 사랑법

한동안 식구들이 모두 나간 뒤 혼자만의 시간이 좋았습니다.

음악을 틀어 놓고 커피를 마시며 신문을 훑다보면 시간이 언제 흘렀는지 훌쩍 지나가버립니다.

그런데 언제부턴가 늘 반복되던 일상이 달라지기 시작했습니다. 신문을 읽으며 차 마시는 걸 잊어버리고 청소기 돌리다 말고 욕실 청소를 합니다. 빨래를 개키다가 주방에 가서 설거지를 하는 겁니다. 글을 쓴다고 책상에 앉아서도 30분을 집중하지 못하고 손과 머리가 따로 놀고 있습니다. 하나하나를 깔끔하게 마무리하던 나는 어디 가고 여기저기 눈에 띄는 대로 중구난방이 되어버렸습니다. 그렇게 좋았던 혼자만의 고독이 싫어지고 외로움이 밀려옵디다. 날씨가 흐린 날은 더 몽롱해져서 아무것도 하지 못하고 멍해져 있습니다. 게다가 시도 때도 없이 찾아오는 그분을 모시느라 몸은 늘 긴장의 연속입니다.

좀 느긋할 때는 두세 시간에 한 번, 빠를 때는 매 시간마다 오십니다. 그분이 오실 때는 갑자기 오시지 않습니다. 미리 기별을 하시지요. 몸이 으슬으슬 추워지기 시작하면 그분이 오신다는 신호입니다. 먼저 등에게 연락을 합니다. 그러면 등짝은 철판이 달궈지듯 후끈후끈 열이 나고 그 열을 얼굴로 쏘아 올리지요. 얼마나 세게 쏘는지 벌겋게 달궈진 얼굴에선 땀이 비 오듯 쏟아진답니다. 나를 지극히 좋아하셔서 찾아주는 건 좋은데 시간 장소를 가리지 않는다는 게 불만입니다.

혼자만의 시간을 가지고 있을 땐 언제든지 오셔도 상관없습니다. 반가운 손님은 아니지만 그래도 내치고 싶진 않지요. 하지만 중요한 모임이나 수업 중에 오시면 대략 난감입니다. 그분은 질투도 많고 밀당도 잘하시는 분입니다. 마음에 드는 사람과 단둘이 있을 때는 더 심하게 오시지요. 옷을 벗어 던질 수도 없고 부채를 꺼내 파닥파닥 부칠 수도 없습니다. 그분이 오시면 다른 일에는 집중이 안 되고 정신없이 그분만 생각하게 됩니다.

그분과의 연애가 언제까지 갈지는 알 수 없습니다. 어떤 이는 10년은 갈 거라 하고 누구는 2~3년이면 헤어질 거라고 합니다. 보통 남녀의 콩깍지 낀 연애기간이 짧으면 6개월 길어야 1년이라는데 그분은 지독히도 나를 사랑하나봅니다. 벌써 3년째 동거를 하고 있으니까요.

그분이 오시면서 많은 변화가 생기기 시작했습니다. 흰머리가 늘어나고 눈이 침침해 잔글씨가 보이지 않는 겁니다. 얼굴도 탄력을 잃고 눈가엔 주름살이 굵어지고 삶의 기쁨이나 환희가 점점 사그라지더니 사는 게 덤덤해 집니다. 마음속에 옹골지게 들어차 있던 의욕과 여자의 긍지도 하나씩 가져갑니다. 이제 남은 건 허허로운 빈 둥지뿐입니다. 이게 그분의 사랑법입니다.

무심히 거울 속에서 낯선 중년 여인의 모습을 봅니다. 그게 바로 나라는 사실을 받아들이고 싶지 않습니다.

그분의 끈질긴 구애가 부담스럽다는 상담에 의사는 내가 먹고 있는 약의 부작용일 수도 있다고 합니다. 나를 잘 아는 여인네는 어쩔 수 없는 운명이면 그대로 받아들이라고 충고합니다. 피할 수 없으면 즐기라는 뜻이겠지요. 그러면서 그분과의 밀월이 끝나고 나면 젊은 육신이 아닌 완숙이라는 초월의 샘을 만날 거라며 위로도 해줍니다.

사람들은 그분을 '갱년기'라고 부르더군요. 그분은 나를 태고의 소리로 공명시켜 세상이 태어나기 전의 자연으로 유턴하라 속삭입니다. 혼돈 속에서 새로운 질서가 생긴다면서요. 하지만 이미 고속도로에 진입해 시속 110킬로미터로 질주하던 삶에서 유턴이란 쉬운 일이 아니지요.

그분은 지금 과속하고 있는 내게 브레이크를 걸고 있는지도 모르겠습니다. 급브레이크를 밟아 사고가 나지 않도록 천천히 속도를 줄이는 중일 겁니다. 저만큼 멈춰야 할 건널목이 있다고 미리미리 내게 신호를 보내고 있는지도 모르겠네요.

이 요상한 밀월이 끝나고 나면 소라의 빈집을 채우듯이 다시 예전의 일상으로 돌아갈 수 있을까요?

(2016 『부천수필』)

마음의 빚

　페이스북에서 35년 만에 친구를 만났다. 결혼 후로 한 번도 못 본 친구였다. 학교 동창이거나 고향 친구라면 어디서든 만났을 텐데 그녀는 직장 동료이자 룸메이트였다. 학교를 졸업하고 1년 남짓, 직장생활 대부분을 그녀와 함께했다. 지방에서 서울까지, 첫 출근부터 파김치가 된 내게 그녀가 손을 내밀었다.

　"너무 힘들어 보여. 나랑 같이 지낼래?"

　그 후로 내가 결혼하고 직장을 그만둘 때까지 그녀의 자취방 신세를 졌다. 동갑이었지만 그녀는 언니 같이 듬직하고 차분했다. 내가 결혼할 때도 엄마처럼 이것저것 챙겨주고 결혼식 날 들러리도 서줬다.

얼마 후 그녀도 결혼한다는 연락을 받았지만 가지 못했다. 입덧이 너무 심해 매일매일이 고비였다. 그리고 소식이 끊겼다. 서로가 사는 게 바빴다. 20여 년이 흐른 뒤 그녀가 계속 직장생활을 하고 있다는 풍문만 들었다. 받기만 한 내겐 늘 그녀에 대한 미안함이 마음에 남아있었다.

카페 한 귀퉁이에 그녀가 앉아있다. 몸은 세월의 흔적을 고스란히 담고 있었지만 얼굴 윤곽이나 풍기는 모습은 예전 그대로다. 너무 오랜만이라 서먹하면 어떡하나 했던 불안감은 기우였다. 늘 만나던 친구처럼 편안했다. 대화의 주제만 바뀌었다. 직장동료, 남자 친구 이야기에서 남편과 자식들 이야기가 주를 이뤘다.

동창모임처럼 남편이나 자식 자랑을 하지 않아도 됐다. 솔직하게 고민도 털어 놓고, 남편 흉도 보고 결혼 안하는 자식 이야기도 스스럼없이 했다.

정년퇴직을 한 그녀는 이제 시간이 많다고 했다. 처녀시절처럼 둘이 여행도 다니고 자주 만나자며 수다를 떨었다. 우연히 고개를 돌려 TV를 응시하던 친구가 속삭였다.

"어머 강경화가 외교부장관에 임명되네. 강찬선 아나운서가 너 결혼 주례 서주셨잖아."

보는 이 없이 혼자 돌아가던 텔레비전 뉴스 자막에 외교부 장관 강경화와 아버지 강찬선 아나운서의 프로필이 뜨고 있었다. 또다시 마음의 부채가 요동치기 시작했다.

남편이 방송국에 입사한 지 1년 만에 결혼했다. 둘 다 사회 초년생이고 가진 것도 없었다. 그렇다고 부모님께 도움을 청할 형편도 아니었다. 남편은 부모님이 일찍 돌아가서 형 집에 신세를 지고 있었고, 나 역시 맏딸로 아래로 동생이 줄줄이 있었다. 그냥 둘이 모은 쌈짓돈으로 작은 결혼식을 올리기로 했다. 서로 반지와 목걸이 하나로 예물을 대신했다. 우리 이야기를 회사 선배가 듣고 강찬선 아나운서에게 주례를 부탁했단다. 퇴직 후 잠시 쉬고 계시던 아나운서는 어렵게 결혼하는 후배의 결혼 주례를 흔쾌히 승낙하셨다. 방송에서만 듣던 멋진 목소리로 주례사가 시작되었다. 세월이 흘러다 잊어버렸지만 "서로 마주 보지 않고 나란히 한 곳을 보는 것이 부부"라고 한 말씀만 기억난다. 예식이 끝난 뒤 같이 사진은 찍었는데 그 뒤론 모르겠다. 식사는 하셨는지 어떻게 가셨는지 경황이 없어 인사도 못 드렸다.

신혼여행을 다녀와서 그분 댁을 찾아갔다. 달랑 케이크 하나 사들고…. 물질적으로 고마운 마음을 전할 봉투도 준비하지 못했다. 왜 그렇게 바보스러웠던지, 두고두고 후회를 했지만, 그 후로 만나 뵐 기회가 없었다. 1998년에 강찬선 아나운서가 돌아가셨다는 부고를 신문에서 읽었다. 결혼식에 갈 때마다 그분이 떠올랐다. 집으로 찾아뵈었을 때 아버지처럼 우리를 축복하고 걱정하시던 그 눈빛을 잊을 수가 없다.

세상을 살아가면서 많은 사람들이 빚을 지고 산다. 내 친구처럼 만날 수 있는 이에게는 언제고 갚을 수 있겠지만 돌아가신 분에게는 늘 무거운 돌덩이를 안고 사는 것처럼 불편하다. 어떻게 해야 이 짐을 내려놓을 수 있을지.

앞으로 남은 인생을 주례사처럼 부부가 나란히 한 곳을 바라보며 잘 사는 것이 그분께 진 마음의 빚을 갚는 것이 아닐까.

텔레비전 화면에 그분 생전 모습이 클로즈업 되었다 사라진다. 그 순간의 영상을 가슴에 담았다.

(2017. 7)

버킷리스트

음악회에 초대를 받았다. 콘서트홀의 성대한 음악회가 아니라 아담한 찻집에서 열린 조촐한 음악회였다. 주인공인 남편을 위해 아내가 사회를 보고 아들 둘이 연출과 손님 모시기 등 진행보조를 하고 있었다. 찻집 벽에는 깔끔하게 포스터도 붙이고 프로그램도 있었다. 반주를 해줄 몇 명의 연주자들도 왔다. 시간이 되자 그를 아는 지인들로 자리가 꽉 찼다.

'가을 그리고 향기로운 추억'이라는 제목으로 음악회는 시작되었다. 첫무대에서 남편은 긴장이 되었는지 목소리가 떨리고 고음처리가 잘 안됐다. 사회를 보는 아내가 "전공자가 아니니 심사하지 말고 마음으로 들어 달라."며 슬쩍 남편을 위로해줬다. 그에 힘을 얻었는지 남편의 목소리가 안정을 찾기 시작했다. 1막이 내리고 2막, 3막으로 갈수록 주인공의 노래에는 힘이 실리고 풍부한 성량으로 관객을 사로잡았다. 성가대에서 노래를 익히 들어왔던 지인들은 그의 높은 기량과 열정에 아낌없는 박수를 보냈다. 3막이 끝나자 아내는 음악회를 하게 된 사연을 말했다.

"남편의 버킷리스트를 꼭 이루게 하고 싶었어요."

'버킷리스트'란 영화를 본 남편이 그 만의 리스트를 만들었단다. 그중 하나가 자신만의 음악회를 여는 거였다. 3개월 동안 개인교습을 받으며 음악회를 준비했다. 소리꾼들이 득음을 위해 폭포수 아래 들어가 소리를 지르듯 그도 매일매일 피나는 노력을 했다.

3막에 이어 실향민 아버지에게 바친 가곡 '그리운 금강산'은 시아버지를 그리는 며느리의 애잔한 회상과 함께해 가슴을 더 뭉클하게 만들었다. 나 역시 생전에 뵙지 못했지만 이북에 고향을 둔 시아버지의 한 많은 삶이 생각나 눈시울이 붉어졌다.

'10월의 어느 멋진 날에'를 합창하며 아름다운 음악회는 끝났다.

남편이며 아버지인 가족의 꿈을 이루어주기 위해 아내와

자식들이 장소를 섭외하고 포스터를 만들고 사회자를 자청하고 나서는 훈훈한 가족애를 보며 몇 년 전 보았던 영화장면들이 떠올랐다.

국어사전에 나오는 버킷리스트는 중세시대 Kick the Backet에서 유래된 말로 '자살할 때 목에 밧줄을 감고 양동이를 발로 차버리는 행위'라고 나와 있지만 '잭 니콜슨'과 '모건 프리먼'이 주연한 영화는 죽기 전에 꼭 하고 싶은 것들이다. 병상에서 만나 친구가 된 둘이 10가지의 목록을 작성하고 그것을 실천하기 위해 세상 곳곳을 여행하며 겪는 소소한 나눔과 행복이 화면 가득 넘치던 영화였다.

'지금 이 순간 내가 가장 하고 싶은 것은 무엇인가?' '어떤 일을 하기에 지금이 아니면 너무 늦을지도 모른다.'는 생각에 나도 나만의 버킷리스트를 작성했었다.

1. 책 많이 읽기 2. 좋은 글쓰기 3. 수필집 내기 4. 아들 결혼시키기 5. 무슨 일에도 상처받지 않기 6. 진심으로 마음을 나눌 수 있는 친구 세 명 만들기 7. 유니세프 가입하기 8. 남미 여행하기 9. 전원생활하기 10. 연필 초상화 그리기 등….

그중 몇 가지는 이루어졌고 진행 중인 것도 있다. 리스트를 작성할 때만 해도 인생에 속도를 내기 위해선 가끔 '데드라인'이 필요하다는 단어에 꽂혀 하루하루를 치열하게 살았다. 어느 때는 "인생 뭐있어. 그냥 폼 나게 즐기다 가는 거야."라는 말에 현혹되어 허투루 지내기도 했다. 누구에게나 똑같이 주어진 하루는 내가 마음먹기에 따라 줄어들기도 하고 늘어나기도 한다. 10여 년 동안 하루를 26시간처럼 살다가 요새는 22시간처럼 살고 있다. '데드라인'과 '인생 뭐있어'의 차이다. 그 두 차이는 나이를 먹어가면서 세월과 함께 변하고 있다.

얼마 전 여동생에게서 전화가 왔다. 남미 여러 나라를 배낭여행한다는 거였다. 그 말을 듣는 순간 가슴이 뛰었다. 정말 꼭 가보고 싶었지만 체력과 경제력에 걸려 꿈만 꾸고 있는 그곳을 동생이 간다니 부럽기도 하고 걱정도 됐다. 50일 동안의 배낭여행이 중년여성에겐 만만찮은 일이 될 거라는 걸 알기 때문이다.

지금은 가끔씩 전해오는 남미의 여러 풍광들을 카톡으로 받아보며 대리만족을 하고 있지만 언젠간 나도 그녀가 간 길을 따라 여행을 할 수 있길 기대해본다.

아들을 결혼시키고 휑해진 집에 남편과 둘이 있는 시간이 많아졌다. 하지만 긴 세월 곰삭은 부부는 별로 할 말이 없다. 나란히 앉아 텔레비전을 보다가 "그만 자지"가 고작이다.

늘 같이 있진 못했지만 곁가지처럼 붙어있던 가족 하나가 떨어져 나간 자리가 너무 크다. 어느 땐 긴 밤을 홀로 지내며 이제부터 인생을 다시 설계해야 되겠다는 생각을 했다. 시간이 흐르면서 앞으로 내 버킷리스트는 또 어떻게 바뀔지 모른다. 삶의 방향을 어떻게 트느냐에 따라 더러는 지워지고 더해질 것이기 때문이다.

'영원히 살 것처럼 꿈꾸고 내일 죽을 것처럼 살라'는 영화의 자막처럼 지인의 음악회에 다녀오고 나서 한동안 잊고 지내던 내 버킷리스트가 생각났다. 거기 한 가지가 추가되었다.

'술 취한 남편의 주정도 잘 들어주기!'

(2015 『부천수필』)

빈자리

지하철 문이 열리자 빈자리가 눈에 들어왔다. 앞뒤 볼 거 없이 얼른 가방 던지기를 했다. 앉고 보니 핑크색 의자였다. 한참 숨 고르기를 한 후 주위를 둘러봤다. 머리 위에 '미래의 주인공을 맞이하는 핑크 카펫'이라고 써놓고 바닥에는 '임산부를 위한 자리입니다. 양보해 주세요.'라고 적혀있다. 아차, 잘못 앉았구나 싶었지만 벌떡 일어나지 못했다. 이미 골든타임을 놓쳐 버린 것이다.

전철 탈 일이 별로 없으니 이런 임산부 배려석이 있는 줄도 몰랐다. 그렇다고 서서 가기엔 너무 힘들었다. 서울 끝자락에 있는 한 병원에 허리 치료를 받으러 가는 중이었다. 모두 나만 쳐다보는 것 같아 눈을 질끈 감아버렸다. 정말 임산부가 오면 자리를 양보해야지 하며 실눈 뜨고 주위를 살폈다. 내 앞에 젊은 여인 둘이 서있는데 임산부 같진 않다. 임신 초기면 표시가 안나 알 수도 없겠지만, 그냥 임산부가 아닐 거라고 생각해버렸다.

마음속에서 온갖 변명이 스쳤다. '나는 환자다. 서있기가 너무 힘들다. 게다가 종착역까지 가야 한다.' 아무리 자기 최면을 걸어도 가시방석이다. 눈감고 자는 척도 했다. 한참 후 배가 두둑한 여성이 내 앞에 섰다. 혹시나 해서 배를 자세히 살폈다. 그냥 배가 나온 통통한 여성이다. '차라리 임산부라면 편하게 일어설 텐데.' 마음이 편치 않으니 전철의 젊은 여성들이 다 임산부로 보였다. 나보다 더 나이 드신 분이 내 앞에 서있으면 양보하는 척 일어서고도 싶었다. '내렸다 다음 전철을 탈까, 내리는 척 다음 칸으로 옮길까' 별 궁리를 다해봤다. 그러면서도 벌떡 일어나지 못하는 내가 한심하다. 이렇게까지 갈등하며 한 시간 반을 앉아 있어야 하는 몸도 그렇고, 누가 봐도 할머니 같은 내 모습도 싫었다.

그사이 옆 줄 끝자리의 임산부석은 젊은 여인이 여럿 바뀌었다. '젊으면 임부인지 아닌지 분간할 수 없으니 얼마나 좋을까.' 얼마 전 토픽에서 60대 여인이 딸을 출산했다는 뉴스를 봤지만 그건 그야말로 토픽이었다. 도저히 안 되겠다 싶어 용기 내서 일어서려는데 "핑크 카펫은 임산부에게 자리를 양보해 달라"는 안내 방송이 나온다. 순간 나도 모르게 주저앉아 버렸다. 쓸데없는 자존심이었다.

결혼 초 임신을 하고도 직장엘 다녔다. 출퇴근 시간 버스나 전철은 전쟁터를 방불케 했다. 앞사람의 뒤통수나 키 큰 남자의 등짝에 코를 박고 서있으면 숨이 턱턱 막혔다. 몇 번을 내렸다 탔다 하며 출퇴근을 했다. 그렇게 힘겹게 다니던 직장도 아기가 태어나면서 그만둘 수밖에 없었다.

새삼 자리를 생각해본다. 내가 있을 자리, 내게 맞는 자리, 내 능력의 자리……. 지금은 분명 내가 앉을자리가 아니었다. 앞으로는 아무리 힘들어도 내 분수에 맞는 자리에 앉아야겠다고, 내 자리가 아니면 쳐다보지도 말자고 깊게 반성했다. 종착역에 다가오자 빈자리가 나기 시작하고 승객도 많지 않다. 누가 볼까 슬그머니 옆자리로 옮겨 앉았다. 10년 묵은 체증이 내려가는 것 같다.

며칠 후 인천 사는 올케가 놀러 왔다. 오자마자 핏대를 올리며 흥분했다.

118

"형님, 전철 타고 오다가 신고할 뻔했어요. 어떤 젊은 여자가 핑크 카펫에 앉았는데 그 앞에 임산부가 서있는 거예요. 임산부 표시인 엠블렘까지 달고 서있는 데도 힐끗 쳐다 보고 낄낄대며 핸드폰만 하드라고요. 내릴 때까지 쭉. 언제부터 그렇게 경우 없는 세상이 되었는지 정말 화가 나 혼났어요."

올케의 말을 들으며 나는 헛웃음을 흘리며 뒤통수만 긁적였다.

여러 모습들

　'모습'이라는 단어를 좋아하는 신부님이 계셨다. 내 모습, 너의 모습, 삶의 모습, 부끄러운 모습, 용서해 줄 수 있는 모습, 등등등…….

　미사 때 마다 '모습'이라는 단어 때문에 강론에 집중이 안 되고 자꾸 분심이 생겼다. 그러다 단어를 세어보기 시작했다. 주일미사 15분 강론 중에 모습이라는 단어가 스무 번 이상 반복되었다. 모습, 모습, 모습…. 모습이라는 단어를 세다가 나도 모르게 어떤 모습들이 떠오르기 시작했다.

　학창시절 어느 날이다. 학교 부근에서 자취를 하던 나는 주말이 되면 큰아버지가 계시는 서울 근교로 갔다. 할머니가 올라와 계셨기 때문이다. 어린 시절부터 나를 귀애해주신 할머니였기에 보고 싶은 마음에 득달같이 달려가 하루를 보내고 아침 일찍 등교할 참이었다.

할머니는 새벽같이 일어나 손녀딸에게 따뜻한 아침을 해먹이고 도시락까지 싸줬다. 보자기로 꽁꽁 싼 도시락 위에는 반찬통 두 개가 나란히 놓여있었다. 그날따라 작은 가방을 들고 가서 도시락을 넣을 수가 없었다. 점심은 교내식당에서 사먹으면 된다고 손사래를 쳤지만 할머니는 굳이 내 손에 보자기를 들려줬다. 하는 수 없이 도시락을 들고 버스를 탔다.

아침 출근시간의 버스는 초만원이었다. 사람 틈에 꽉 끼여 몸을 움직일 수도 없었다. 손에 들고 있던 보자기도시락은 애물단지였다. 꾸역꾸역 밀려들어오는 사람에 치여 도시락은 앉은 승객들의 코앞에서 덜렁거렸다. 그때 한 아가씨가 친절한 미소로 내 보자기를 받아 자신의 무릎에 얌전히 올려놨다. 내릴 정류장에 다가와 나는 도시락을 받아들었다. 순간 그녀의 얼굴이 찡그려졌다. 흰 치마에 김칫국물이 붉게 물들어 있었다. 주위에 있던 모든 시선이 그녀의 치마와 내게 와 꽂혔다. 당황한 나는 어쩔 줄 몰라 도시락을 든 채 멍하니 그녀의 치마만 바라보고 있었다. 뭐라고 말을 해야 할

텐데 입이 떨어지지 않았다. 사람들의 따가운 눈총이 온몸에 가시처럼 박혔다. 벌겋게 달아오른 내 얼굴을 보면서 그녀도 무어라 한마디도 하지 않았다. 잠깐의 침묵이 몇 백 시간처럼 흘렀다. 결국 나는 그녀에게 미안하다는 말도 못하고 그냥 버스에서 내려버렸다. 너무 미안하면 미안하다는 말도 나오지 않나 보다. 지금도 눈만 감으면 그날의 모습이 떠올라 쥐구멍에라도 들어가고 싶다. 살아가면서 실수하는 게 어디 한두 번이겠는가. 하지만 그날의 내 모습을 복기하고 또 복기해도 바보스러움으로 남아있다.

번뜩 제 정신으로 돌아왔는데 아직 강론이 이어지고 있다. 강론에 집중하려고 눈을 감았지만 금세 다른 모습에 빠져들어 간다. 평생 남편의 술 치다꺼리를 하며 살아온 내 모습이다.

"신혼 초의 부부싸움은 주도권 다툼이야."

기선을 제압해야 평생을 눌려 살지 않는다고 선배들은 조언했다. 그날도 술을 마시고 온 남편과 사소한 일로 언쟁을 했다. 남편의 술버릇을 고쳐놓지 않으면 선배의 말대로 평생을 고생할 것 같아 나도 기죽지 않고 대들었다. 갑자기 남편이 TV를 번쩍 들어 내동댕이쳤다. 그래도 지지 않고 대들자 이번엔 새로 구입한 신상 오디오까지 집어던졌다. 좀 겁이

122

낳지만 여기서 두 손 들면 안 되지 싶어 오기를 부렸다. 이미 이성을 잃은 남편은 주방으로 가더니 전기밥솥을 들고 와 내 앞에 내팽개치려고 하지 않는가. 순간 머릿속이 하얘져서 밥솥을 부여잡고 펑펑 울며 빌었다. 그것만은 안 된다고.

주부요, 엄마인 내게 있어 밥솥은 우리 가족의 생명줄 같았다. 그렇게 잡힌 내 인생은 남편의 술버릇에서 벗어나는 데 30여 년이 걸렸다. 정년퇴직 후 집에 있는 남편은 순한 양이 되었다. 젊은 시절 그 패기는 어디 가고 요즘은 술도 적당히 주정도 적당히, 내 눈치를 보며 찔끔찔끔 마신다. 가끔 청소기도 돌려주고, 한 번도 하지 않던 분리수거도 해주고, 화분에 물도 잘 준다. 진작 좀 그럴 것이지. 그래도 참 묘한 게 그 모습을 보면 마음이 짠해진다. 남편도 늙었구나싶어서다.

팔순을 훌쩍 넘긴 어머니 말씀이 떠올랐다.

"느 아부지가 아직 살아계셔서 얼마나 고마운지 모른다."

평생을 아버지 무관심 속에서 종처럼 살아오신 어머니였다. 사는 게 징글징글하다는 푸념을 자장가처럼 들으며 나는 엄마처럼 살지 않겠다고 다짐하고 다짐했었는데, 아직 살아계셔서 고맙단다.

나도 나이가 들어가니 이제야 어머니 말씀이 이해가 된다.

어머니의 희생 덕분에 우리가 이렇게 잘 자랄 수 있었다는 것을, 그 힘든 삶의 여정을 참고 견디셨기에 아버지와 따뜻한 노년을 보내고 계신다는 것을.

다시 그날로 돌아가 기선제압에 실패하지 않았다면 내 인생은 어떻게 변했을까 생각해본다.

청소기 돌려주고 분리수거해주는 남편을 볼 수 있었을까. 아들, 딸 결혼시키고 가끔 손주 보러가는 즐거움을 누릴 수 있을까.

그렇게 '모습'들을 떠올리다가 정신을 차려보니 성찬 예식이 끝나가고 있다. 모습이라는 그물에 걸려 그날 미사는 도루묵이 되었다. 그래도 주님은 가끔씩 분심병에 걸리는 이 자녀를 용서하시리라 믿는다. 왜냐면 당신은 하느님이시니까.

(2019 『부천수필』)

영면(永眠)

　장례미사에 갔다. 레지오 마리애 장이었다. 30여 개의 레지오 단기가 도열한 가운데 고인의 영정이 모셔져 있다. 엄숙한 분위기에서 장엄한 레퀴엠이 흘러나왔다. 가톨릭의 여러 단체 중 가장 강력한, 성모님의 군대 단원으로 끝까지 충성을 다했으니 돌아가실 때 그만큼 대우를 받는 거였다. 치매로 오락가락하면서도 레지오는 빠지지 않으셨단다.

　장례 주례를 맡은 신부님이 생전의 고인에 대해 말씀하셨다. 이곳에 부임한 지 얼마 되지 않았지만 고인을 확실하게 기억한다고 했다. 첫 미사를 마치고 밖으로 나왔는데 추레한 할머니 한 분이 주춤주춤 다가와 껌 한 통을 내밀었다. 서로 눈빛이 마주쳤다. 잠깐 고민하다가 껌을 하나만 받기로 합의

했다. 매번 미사가 끝나고 나면 할머니는 껌을 내밀고, 신부님은 껌을 받아 수단주머니에 담아 두었다. 모아둔 껌은 주일학교 어린이의 선물이 되었다. 사제에게 뭔가를 드리고 싶은데 고인이 가진 걸로 살 수 있는 건 껌 한 통의 여유밖에 없었다. 그렇게 할머니와의 인연은 돌아가실 때까지 계속되었단다.

30여 년 전, 할머니와 처음 만났을 때가 떠올랐다. 레지오 회합에서였다. 30대 중반인 내게 고인은 그때도 할머니였다. 궂은 날이면 몸이 먼저 알아 쑤시고 아프다 했다. 어디 야외라도 나갈 때면 그분의 몸 반응으로 그날 날씨를 가늠했다. 청상과부가 되어 자식들 키우느라 평생 일에서 헤어나질 못한 고달픈 어머니였다. 자식들은 겨우 입에 풀칠할 정도로 생활이 곤궁했다. 노모를 모시긴 했어도 서로 살갑지는 못했는지 할머니의 유일한 낙은 성당에 가는 거였다. 주일이든 평일이든 하루도 빠지지 않았다.

할머니는 그 어려운 라틴어 기도문을 줄줄 외웠다. 엄격한 가톨릭 집안에서 자라 기도문을 못 외우면 밥을 주지 않았단다. 주일이면 20리 길을 걸어 성당에 갔다. 미사시간에 맞추

려면 꼭두새벽에 일어나야 했다. 공복제를 지키느라 아침은 고사하고 물 한 방울도 마시지 못했다. 미사가 끝나면 허기진 배에 감각도 없었다. 초등학교 근처도 못 가봤지만 글을 읽을 수 있다며 자랑스럽게 레지오 교본을 읽었다. 이가 빠져 발음이 새고 볼 안에 헛바람이 드나들어도 쪼글쪼글한 입술을 앙다물고 정확한 발음을 내려고 애썼다. 그럴 땐 할머니의 얼굴이 환하게 빛났다. 궁상맞은 노인이 아니라 당당한 레지오 단원이었다.

내 첫 수필집이 나왔을 때, 할머니에게 한 권을 드렸다. 그 후로 할머니는 나를 보면 손을 잡고 눈물을 흘리셨다. 생전에 당신에게 책을 선물한 사람은 나밖에 없었단다. 어느 날은 책을 다 읽었다고, 어느 날은 읽은 책을 또 읽는다고 했다. 내 글을 읽고 감동한 게 아니라 처음으로 당신을 한 인격으로 대해 준 게 고마워 읽고 또 읽는다는 걸 알면서도 가슴이 뭉클했다. 그 후로 동네를 떠나게 돼 할머니를 자주 뵙지 못했다.

몇 년 전부터 할머니에게 치매가 왔는데 성당만은 잊지 않고 나온다는 말을 전해 들었다. 유아세례를 받고 구십 평생 신앙 속에서 사셨으니 성당이 그분의 고향 같을 것이다.

성가대의 장엄한 레퀴엠이 끝나자 영혼을 하늘로 인도하는 연도가 시작되었다.

"깊은 구렁 속에서 주께 부르짖사오니 주님 제 소리를 들어 주소서……."

"천년도 당신 눈에는 지나간 어제" 같다는데, 살아온 인생길이 외롭고 고달팠을지라도 할머니의 삶에서 의지할 믿음이 있어 얼마나 다행이었을까. 성당을 가득 메운 레지오 단원들의 전송을 받으며 할머니는 천국의 계단을 하나씩 올라가셨다. 이제 고통이 없는 그곳에서 영원한 안식을 누리실 거라 생각하니 마음이 편하다.

커피 맛을 알아버렸다

아침에 일어나자마자 원두를 갈아 핸드드립으로 커피를 내린다. 알맞게 덥힌 물을 주전자에 담아 안쪽에서부터 손목 스냅을 이용해 돌리다 보면 달콤하면서도 고소한 신맛이 온 집안에 퍼진다. 이 시간만큼은 커피프린스의 공유가 멋진 포즈로 마시던 그 커피가 부럽지 않다. 머그잔에 커피를 담아 거실로 가 신문을 본다. 그날의 헤드라인 뉴스가 커피 향에 묻혀 한쪽 눈으로 들어와 다른 한쪽 눈으로 사라져 버리지만 사회면까지 훑고 나면 아침이 훌쩍 지나간다. 날이 좋아서, 날이 좋지 않아서, 날이 적당해서, 커피와 함께한 모든 시간이 눈부시다.

처음부터 원두커피 향에 빠진 건 아니었다. 그저 커피는 설탕, 프림, 커피가 조화롭게 들어 있는 믹스커피가 최고였다.

젊고 젊던 새댁 시절, 동네 엄마들과 아침마다 커피타임을 가졌다. 아이들 유치원 보내거나, 남편들 출근시키고 나면 하나 둘 우리 집으로 모이기 시작했다. 지대가 높아 창문만 열어도 툭 트인 전망에 산과 동네가 다 내려다 보여 커피 마시기에 분위기 최고라는 게 모두의 지론이었다. 커피에 첨가되는 한 가지가 더 있었는데 바로 남편과 아이들이었다. 어제의 가정사가 커피 향과 버무려져 그날의 커피 맛을 좌우했다. 그러다 보니 집집마다의 생활에 대해서 서로 손바닥 보듯 알게 되었다. 돌아가며 흉도 보고 자랑질도 하다 보면 어느새 점심때가 되고 누가 먼저랄 것도 없이 국수를 삶아 점심까지 해결하고 각자 집으로 돌아갔다.

처음 우리 집에서 시작된 커피 타임이 반년쯤 지난 뒤엔 동네잔치가 되어버렸다. 주말이 되면 그렇게 흉보던 남편들까지 끼여 저녁에는 술잔이 넘실대는 삼겹살 파티로 이어졌다.

어느덧 모르던 이웃들도 얼굴을 내밀며 서로 친해지기 시작해 동네가 다 형님, 아우 하는 사이가 되었다. 그러다 한 집 두 집 이사를 가 뿔뿔이 흩어졌지만 20년이 지난 지금도 서로 안부를 주고받으며 가끔씩 만나고 있다.

원두 맛을 알게 된 것도 그중 한 집에 놀러 가서였다. 아파트를 새로 장만했다며 옛 이웃들을 초대했다. 온통 유리로 둘러싸인 뷰가 좋다는 고급 아파트였다. 삼십 몇 층에 도착하자 정말로 내가 살고 있는 도시가 팔랑팔랑 나비처럼 사방팔방으로 펼쳐 있었다.

모던한 거실에서 맛있는 향이 퍼져 나왔다. 커피 향이었다. 그런 향은 난생처음이었다. 지금처럼 카페가 성행해 내 집처럼 드나들던 시절이 아니었다. 외국에 출장 다녀온 남편이 사 온 거라 했다. 커피 마니아인 그녀는 머신까지 들여놓고 향을 제조하고 있었다. 쓰지도 않고 부드러우면서 구수했다. 헤이즐럿은 알고 있었지만 그 맛도 아니었다. 그만 커피 향에 푹 빠져버렸다. 커피 이름을 적어와 인터넷으로 검색해보았다. 인터넷에는 커피의 신세계가 펼쳐져 있었다. 콜롬비아 슈프리모, 에티오피아 예가체프와 시다모, 브라질 산토스, 코스타리카 따라주, 인도네시아 만델링, 국가별로 맛 별로 다양한 커피가 있어 그저 본인의 입맛대로 고르면 되었다. 원두를 처음 접해 뭐가 뭔지 잘 모르던 나는 종류별로 조금씩 다 주문해보았다. 처음에는 모두 그 맛이 그 맛 같았다.

쓸쓸하기만 하고 어느 것은 예전에 남편이 피우던 담배 맛도 났다. 지인에게 전화를 걸어 물어봤더니 물의 온도와 내리는 방법, 내리는 사람의 마음에 따라 맛이 달라진다고 했다. 지인이 가르쳐 준대로 마음을 담아 신중하게 원두를 갈아 커피를 내렸다. 정말 희한하게 맛이 변했다. 뷰가 좋은 아파트에서 마시던 향과 비슷했다. 그중 내 입맛을 사로잡은 것이 에티오피아 예가체프와 케냐의 AA다. 에티오피아 커피는 상큼 향긋한 꽃향기가 나고 케냐의 커피는 깊은 풍미가 있어 햇살 좋은 날이나, 비 오는 우울한 날 언제든 좋았다.

커피는 분위기에 따라 누구와 마시느냐에 따라 맛이 달라진다. 분위기를 내고 싶으면 취향에 맞는 멋진 카페를 찾아가고 누군가와 이야기가 그리워지면 만화기자단이 있는 카툰캠퍼스로 간다. 그곳의 한 작가님의 커피 맛이 너무 우아하기 때문이다. 같은 원두로 똑같은 방법으로 커피를 내리는데도 그가 내리는 커피는 맛과 품위가 다르다. 아마도 그분의 정성과 따뜻한 캠퍼스 분위기가 모두의 마음을 열어 주기 때문일 거다.

그 마음을 담아 집에 돌아와 정성껏 원두를 갈고 커피를 내린다. 삭막해진 내 집에도 이웃을 맞이할 마음의 여유가 생기길 바라면서 30초 정도 뜸을 들인 물에 정성 한 컵 더 붓고 20초 정도 기다리며 서버에 올린다.

　머잖아 마음을 다해 커피를 내리는 어느 날, 옛 이웃들을 불러 모아 내가 내린 커피를 마시며 산꼭대기 그 시절을 추억하고 싶다.

(2019 『부천수필』)

제4부
소소한 일상

서재와 놀다

부천에서 매달 작가를 초청해 강연을 듣는 '목요문학나들이' 100회 특집 준비를 위해 서재를 뒤졌다. 서재라고 고상한 이름을 붙였지만 실상은 온갖 책들과 잡동사니를 쌓아둔 창고 같은 방이다.

내 작업실이 처음부터 퀴퀴한 책 냄새가 구석구석 배어있는 뒷방은 아니었다. 10여 년 전 처음 이 집에 이사 올 때는 전면 책꽂이에 나름대로 질서정연하게 책들이 꽂혀있고 빈 공간에는 인형이나 그림을 넣어 아기자기하게 꾸몄었다. 세월이 흐르면서 한 권 두 권 모이던 책들이 제자리를 찾지 못하고 쌓여만 갔다. 인터넷 서점에서 산 소설책과 시집을 비롯해서 문학회에서 나오는 잡지 등이 뒤죽박죽 섞여 책꽂이 앞으로 모여들었다. 서랍 안에서는 케케묵은 전시회 도록에서부터 낡아빠진 영화티켓까지 별의별 게 다 쏟아져 나온다.

한번 질서가 무너지자 서재는 제 기능을 잃어버리고 온갖 것을 다 받아들이기 시작했다. 거실이나 안방에서 밀려난 탁자나 돗자리, 아들이 쓰다버린, 그렇다고 버리기는 아까운 자질구레한 물건들이 서재 한구석을 차지했다. 이렇게 정신 없는 곳에서 글을 쓰는 나 또한 정돈이 잘 될 리 없다.

취미삼아 공부하는 심리학에서 숙제를 내준 적이 있다. 내 단점 5가지와 장점 10가지를 쓰라는 거였다. 장점은 그럭저럭 쓰겠는데 단점을 모르겠다며 아들에게 물었더니 1초의 망설임도 없이 '정리정돈 못하는 것'이라고 내뱉는다. 그건 정말 눈물을 머금고 인정해야 했다.

그동안 다녀간 작가들의 자료를 정리하기 위해 내 허리 높이로 쌓아 놓은 책들을 허물었다. 자료 하나를 찾기 위해 이 잡듯이 책을 뒤진다. 글을 쓰는 시간보다 자료 찾는 시간이 더 오래 걸릴 듯싶다. 미리미리 정돈해 두었다면 이렇게 손에 먼지 묻혀가며 힘들이지 않아도 될 텐데 후회해 보지만 이미 엎질러진 물이다.

이런 걸로 자신을 책망해 보았자 건강만 해칠 뿐. 긍정적

마인드로 하나하나 허물어진 책과 메모들을 정리하다 뜻밖의 글들과 만났다. 기억마저도 까마득한 옛날에 쓴 내 글들과 우리 동인들이 쓴 글이 먼지를 뒤집어 쓴 채 한 모퉁이에서 걸어 나왔다. 최미아의 '눈물 사는 여자'에서부터 이화윤의 '자전거' 고정임의 '13월의 월급' 강향숙의 '이웃사촌' 허윤설의 '삼굿'까지….

한 달에 한 번씩 합평하고 수정하며 수필 한 편을 완성해 나가는 과정이 고스란히 담겨 있다. 책을 낸다고 수도 없이 교정을 봐 너덜해진 내 원고들과 수준 미달로 세상 빛을 보지 못하고 미완성으로 남은 글들을 읽으니 부끄럽기도 하고 고맙기도 하다. 그런 아픔의 과정을 거치며 성장하는 거라고 다독거려 본다.

『부천문단』이나 『부천작가』에 실린 글을 읽는 재미도 쏠쏠했다. 책이 나왔을 당시 제대로 읽지 않고 지나쳤던 글을 찾아 읽는 기쁨도 있고 한번 읽었던 글들을 다시 보니 반가움이 솟구치기도 한다. 합평시간에 지도교수님이 나눠줬던 수필에 관한 자료들과 어휘사전들을 훑으면서 진작 이 글들을 제대로 봤으면 내 문장실력이 훨씬 좋아졌을 텐데 후회도 해본다.

목요문학나들이를 진행하며 직접 작가에게 싸인 받은 시집과 소설, 동화책이 서재를 풍요롭게 해준다. 한때 시를 공부한다고 어쭙잖게 써놓은 시어들과 좋은 시들을 골라 프린트한 시 묶음을 발견하고 다시 문학소녀로 돌아간 듯 행복하다.

이참에 버릴 건 버리고 정리를 해야지 싶어 20년 가까이 묵혀놓은 원고들과 읽은 책들을 정리해보지만 결국 하나도 버리지 못하고 다시 쌓아 놓고 말았다.

어둑어둑 해지는 저녁, 깨알 같은 글들이 보이지 않을 때까지 나는 서재에 틀어박혀 책들과 놀고 있다.

숨고르기

양귀자의 소설 『슬픔도 힘이 된다』를 읽다가 내 심정과 꼭 닮은 「숨은 꽃」을 발견했다. 내용은 소설가인 그녀가 써지지 않는 글과 글감을 찾아 정읍에 있는 귀신사로 여행을 떠나면서 시작되었다.

'내 생애 전부를 실어내기 위해 늘 내 이름자 밑에 괄호로 닫혀져 묶여 있는 '소설가'라는 호칭을 반납하고 흘러가버린 다른 생애를 반환받을 수 있다면, 행여 그럴 수 있다면 이렇게 역 광장에 홀로 남겨져 타인들을 질투하며 서 있지 않아도 됐을 것을!'

슬럼프에 빠진 그녀의 독백에서는 가슴이 답답하고 숨쉬

기가 힘들었다. 글쓰기를 그만둘까 말까 고민하며 갔던 그곳에서 풋내기 교사 시절, 제자의 오빠였던 그를 만나 다시 소설을 쓰게 되는 대목에선 나도 모르게 큰 숨을 토해냈다.

감히 그녀 발끝도 따라가지 못하는, 남들이 별로 읽어주지도 않는 수필을 쓰는 나도 손톱만 한 글감을 찾지 못해 숨까지 쉬어지지 않는다고 이리 야단인데 그녀의 중압감이 얼마나 컸을지 이해하고도 남았다.

그녀는 80년대 초 부천 원미동에 살면서 왕성한 창작활동을 했다. 그녀가 쓴 『원미동 사람들』은 밀리언셀러가 되었다. 그즈음 나도 부천에 신혼살림을 차렸지만 책 읽기만 좋아했지 글 쓸 생각은 엄두도 못 내고 있었다. 『원미동 사람들』을 읽긴 읽었는데 별로 감흥이 없었다. 텃밭을 가꾸는 강노인이나 써니 전자, 형제 슈퍼 등, 당시 내 주변의 이야기와 비슷했던 내용들이 구질구질해 보였다. 현란한 글 솜씨를 자랑하는 다른 작가들에게 빠져 그녀는 그냥 잊혔다.

30년이 지난 후 원미동을 돌아보다가 곳곳에서 그녀의 흔적을 발견했다. 『원미동 사람들』을 다시 읽었다. 표현하는 문장과 감성들이 지금 봐도 얼마나 세련되고 쫄깃쫄깃한지 그녀의 다른 소설들도 더 읽고 싶어졌다. 하지만 책을 찾기가 쉽지 않았다. 2000년대 초반부터 그녀는 작품 활동을 하지 않고 있었다. 다행히 그의 딸이 출판사를 차려 엄마 책들을 출판한다는 소식을 들었다. 『원미동 사람들』『천년의 사랑』『슬픔도 힘이 된다』가 새로 나왔다.

'하나에 정신이 팔리면 다른 하나는 까마득하게 잊고 마는 정신의 불균형'(그녀의 소설 줄거리)을 10년 가까이 살고 있는 내게 그녀의 소설은 깊은 물속에 잠겨 있다 튀어 오르는 '숨비소리'였다.

어느 날, 시집을 한 권 받았다. 첫 시집을 낸 지 4년 만에 두 번째 시집을 낸 문우였다. 가깝게 지내진 않았지만 문학회 활동을 하면서 스치면 그래도 반갑게 인사하는 사이였다. 첫 시집을 내고 출판기념회를 하던 그녀가 떠올랐다. 가족과 문우들의 축하 속에 겸손하면서도 당당하던 그 모습은 자신감에 넘쳐 있었다.

얼마 후 그녀가 폐암이라는 말을 전해 들었다. 공기 좋은 곳에 가 요양하고 있다는 말도 들렸다. 그녀와 친했던 지인들은 요양 중인 그녀를 찾아가 위로도 해주고 도움도 주고 했지만 나는 그저 안부가 궁금할 때마다 그녀를 위해 기도만

할 뿐이었다. 그렇게 시간이 흐르고 그녀의 안부도 점점 흐려져 갈 때 두 번째 시집을 받았다.

시집을 읽었다. 도드라지게 표현은 안 했지만 행간 곳곳, 음절 사이마다 외로움과 쓸쓸함이 묻어있다. 때론 넉넉하게 때론 처연하게, 아무렇지도 않은 듯 다독거려도 가족에 대한 그리움과 삶에 대한 처절한 몸부림이 그대로 전해진다. 딸의 결혼 날짜를 잡아 놓고 발병해 혹시라도 결혼식을 보지 못할까 봐 애태우던 마음도 시어로 알알이 터졌다. 그때까지도 건강상태를 몰랐던 우리는 함박웃음으로 손님을 맞는 그녀를 샘내듯 부러워했었다.

시집을 덮자 저 아래 단전에서부터 몽글몽글 올라오던 뜨거운 기운이 확 퍼지더니 눈 안에서 핏발로 터졌다. 첫 책 출간 후 10년 동안 아직 두 번째 책을 내지 못하고 천둥벌거숭이로 살고 있는 내게 그녀의 시는 내게 보낸 경고장 같다. 날벌레와 나무들만 벗 삼은 산속에서 아픔과 외로움을 깎아 정갈하게 담은 시집은 내게 찾아온 두 번째 '숨고르기'다. 나도 이제 박차고 올라야겠다.

그리운 종소리

학교가 끝나고 성당 앞을 지날 때마다 종이 울렸다. 얼기 설기 통나무로 엮어 만든 종탑에 커다란 종이 매달려있었다. 종소리와 함께 자그마한 남자아이의 몸이 줄을 타고 오르내렸다.

"데엥- 뎅- 뎅!"

이상한 울림이었다. 머리가 맑아지고 편안해지고, 기분이 촉촉해졌다.

어느 날, 그 근원을 찾아 성당 안으로 들어갔다. 미사 시간이었다. 신부님이 동그란 빵을 들어 올리자 종이 울렸다.

"딩~~~" 무심히 앉아 그 소리를 들었다. 마음의 스위치가 찰칵 켜졌다. 그 후로 나는 가톨릭 신자가 되었다.

고등학교 3학년, 늦은 시간까지 학교에 남아 공부를 하다가도 미사 시간만 되면 성당으로 몰래 빠져나갔다. 다행히 학교와 성당은 지척이었다. 대학을 가기 위해 서울로 올 때까지 2년 내내 종소리와 함께 살았다. 후에 성당 종지기 소년은 수사님이 되었다는 소식을 들었다.

서울로 올라와 큰아버지 댁에 기거하면서 또 다른 소리를 들었다.

"탁탁타르르륵"

불자이신 큰아버지가 아침저녁으로 두드리는 목탁소리였다. 성당의 종소리보다는 둔탁해도 잔잔한 여운이 오래 남는 소리였다. 처음에는 귀에 거슬렸지만 매일 들으면서 점점 익숙해졌다. 불경을 외우는 큰아버지의 낭랑한 목소리와 목탁소리가 잘 어우러져 판소리 한 대목을 듣는 듯했다. 절에 기도하러 가시느라 못 듣는 날엔 마음이 허전해 하루가 텅 비는 것 같았다.

세월이 흐르면서 큰아버지는 돌아가시고 시골 종탑도 없어지고 세상에 부대끼느라 소리를 잊고 살았다.

어느 날 몇몇 친구들과 남쪽 지방을 여행하다 내소사에 들렀다. 단풍이 절정을 이뤄 산이 벌겋게 불타오르는 가을의 끝자락이었다. 저녁에 예불을 알리는 범종을 울린다기에 대웅전 앞에 자리를 잡고 기다렸다. 저녁 5시부터 짙은 산 그림자가 경내를 뒤덮기 시작했다. 6시가 되자 스님 한 분이 올라와 합장을 하고 종 앞에 섰다. 어둑한 저녁 빛에 스님의 실루엣이 경건해 보였다.

"둥~ 뎅 디잉!"

서른세 번의 타종 동안 무아지경이 되었다. 산이 울리고 그 울림은 사방으로 퍼져나갔다. 마음이 풀어져 밥 위에 쪄낸 보리개떡처럼 말랑말랑해졌다. 타종이 끝났는데도 자리를 뜰 수 없었다. 밤새 종소리가 뇌리에서 떠나질 않았다. 소리의 여운은 일상에 돌아와서도 오래 남았다. 아침저녁 듣던 큰아버지의 목탁소리처럼 힘든 하루를 버티게 해주었다. 사소한 말에도 상처를 입고 자꾸만 자욱길로 도망치고 싶을 때 마음속에 저장해 둔 종소리를 꺼내 위안을 받았다. 그 후 다른 절에서 종소리를 들었다. 하지만 내소사의 종소리와는 달랐다. 감동도 여운도 없었다. 그냥 어디서나 흔히 듣는 그런 소리였다.

그때 알았다. 종은 치거나 듣는 이의 마음이라는 것을. 성당의 종지기 소년도, 큰아버지도, 내소사 스님도 모두 마음을 다해 종을 친 것이다. 마음이 마음으로 전해져 마음을 움직인 거였다. 그 깊은 울림을 경험한 후로 나도 세상을 향해 진실 되게 종을 치려고 노력 중이다. 혹여 내가 누군가에게 상처를 주었다면 덧나지 않길 기도하며. 오늘도 성체를 바라보며 마음의 종을 울린다.

길치

    송내 남부역 근처 신호등에 멈춰 섰을 때다. 옆 차선 차의 창문이 열리더니 20대쯤 보이는 청년이 시민회관이 어디쯤에 있는지 물었다. 쭉 직진하다 보면 좌측에 보일 거라고 당당하게 일러줬다. 생각 없이 운전하다 무심코 옆 차선을 보고 깜짝 놀랐다. 길을 알려준 운전자가 의아한 표정으로 계속 내 옆을 달리고 있는 게 아닌가. 시민회관은 벌써 지나 역곡역에 가까워 오고 있었다. 아차 싶었다. 북부역을 남부역 쪽으로 착각하고 잘못 가르쳐 준 것이다. 옆 운전자는 내 말만 믿고 나오지 않는 시민회관을 찾아 계속 달리고 있었다. 당황해 창문을 열고 손을 휘저어보았지만 이미 내 차를 휙 지나쳐 버렸다. 거기서부터는 유턴할 곳도 없었으니 아마 서울까지 갔을 거다.

어디 그뿐인가. 등교 첫날 학교를 못 찾는 아이에게 엉뚱한 학교를 가르쳐주고, 아픈 강아지를 안고 어쩔 줄 몰라하는 아가씨에게 친절하게 먼 병원까지 안내해 주기도 했다. 나중에 알고 보니 바로 옆에 동물병원이 있었다. 지금도 누군가가 길을 물어오면 머릿속이 하얘져 그저 고개만 도리도리 할뿐이다. 상대가 실망스러운 표정으로 지나가고 나서야 머리에서 내비게이션이 뜨듯 선명하게 나타나지만 이미 상황은 끝난 뒤다.

한 번은 친척 결혼식에 가기 위해 지하철을 타고 시청역에서 내렸다. 지하도를 올라와 가을을 만끽하며 걷는데 어느 멋진 외국여인이 한국어로 남대문시장은 어디로 가면 되냐고 물었다. 그 물음에 갑자기 머리 회로가 엉켜버려 "I can net speek Englilsh" 하고 손사래를 치며 도망쳐 버렸다. 이상한 듯 미소 짓던 외국인이 지나가고 난 뒤에야 알았다. 한국어로 물었다는 것을.

내가 길치라는 걸 확실하게 알게 된 것은 대학 시험을 치르고 안양 큰아버지 댁에서 발표를 기다리고 있을 때였다. 하루는 큰아버지가 심부름을 시켰다. 작은 아버지 댁을 다녀오

라는 것이다. 작은 아버지 댁이 있는 흑석동에는 두어 번 가
본 적이 있었다. 나는 가는 길을 머릿속으로 그려보았다. 버
스를 타고 한강을 건너 내리면 바로 그 아래 동네였다. 자신
있게 한강을 건넜다. 그런데 아무리 둘러봐도 내가 찾는 동
네가 아니었다. 이 골목에서 빙빙 돌고 저 골목에서 오르락
내리락하며 하루 종일 헤맸다. 배도 고프고 다리도 아프고…
해는 지는데 앞이 캄캄했다. 절박한 심정이 되자 무슨 용기
가 생겼는지 행인들에게 길을 물어 겨우겨우 버스와 지하철
을 갈아타고 안양까지 왔다.

늦게까지 오지 않는 조카를 기다리며 큰아버지는 별별 걱
정을 다하고 계셨다. 작은집에도 오지 않았다 하니 혹 무슨
일이 생긴 게 아닌가 신고까지 하려고 했단다.

좁은 도로 옆으로 집들이 늘어서 있는 산골 소읍에선 길 잃
을 일이 없다. 그런 곳에서 열아홉 해를 살았던 내게 서울은
너무 벅찬 도시였다.

서울살이가 한참 지난 뒤에 되짚어 가보았다. 한강을 건넌
건, 이모 집이 있던 미아리에서 흑석동 갈 때의 길이었다. 마
땅한 거처가 없어 친척집을 전전하던 시골 촌것의 혹독한 신
고식의 시작이었다.

그 후부터 내 길치는 빛을 발하기 시작했다. 버스를 타든 길을 걷든 운전을 하든 한 번에 찾아가는 일이 없었다. 돌고 돌아 몇 번을 헤매고 나서야 소 뒷걸음치듯 찾곤 했으니 제대로 알고 가는 길이 거의 없었다.

그렇게 60년을 지내면서 내 인생행로도 그러면 어떡하나 했는데, 그나마 지독한 길치는 아닌가 보다. 우여곡절은 있었지만 성실한 남편을 만났고 아이 둘을 낳아 건강하게 키워 결혼시켰고 내가 잡은 삶의 방향대로 사부작사부작 가고 있으니 말이다.

요즘은 강산도 세월도 너무 빠르게 변해서 길 잃는 횟수가 더 많아졌다. 아침에 눈을 뜨면 하루의 길을 찾느라 한참을 헤매곤 한다. 어느 날은 머리에서 가슴까지 가는 길도 잃어버려 우두망찰하지만 그래도 길을 나선다. 언젠가 결국은 목적지에 도착할 것이므로.

범박산

가슴속에서 답답한 뭔가가 치오르기 시작하면 앞산을 오른다. 외출할 때처럼 격식을 차릴 필요도 없이 늘 쓰던 벙거지 모자에 물 한 병 꿰차면 준비 완료다.

아파트 단지를 벗어나 공원을 가로지르고 오솔길을 조금 올라가면 '맨발로 걷는 황토숲길'이란 표지판이 나온다. 빽빽한 참나무 숲, 가르마 같은 산길을 걷다 보면 어느새 아름드리 소나무 길이 이어지고 풀숲에선 나리꽃과 비비추가 수줍게 얼굴을 내밀고 있다. 땀도 식힐 겸 벤치에 앉아 하늘을 올려다본다. 높다란 나무 우듬지 사이로 하늘이 말갛다. '도로롱 똑' '찌르륵 쪽쪽' 새들의 노랫소리에 청설모가 나무 사이를 바쁘게 오르내린다. 답답했던 가슴이 후련해지고 머릿속으로 솔바람이 불어온다. 정상에 올라 아래를 내려다보면 사면팔방 내가 살고 있는 도시가 한눈에 들어온다. 마치 엘리베이터를 타고 공중에 떠있는 느낌이다.

그곳에 서있으면 고대 바빌론 네부카드네자르 2세가 아내 아미티스 공주를 위해 만들었다는 공중정원이 떠오른다.

기원전 600년 경, 산이 많아 과일과 꽃이 풍성한 메디아의 고원지대에서 자유롭게 자라던 아미티스 공주가 사막 한가운데 자리 잡은 바빌론으로 시집을 왔다.

자신이 살던 고향과 너무나 다른 환경에 적응하려고 무진 애를 썼지만 황량한 사막 살이는 공주의 마음을 향수병에 시달리게 했다. 부모님이 보고 싶고 고향의 흙과 나무와 꽃이 그리웠다. 왕과 신하들은 친절했지만 답답하고 외로운 공주의 마음을 채워주진 못했다. 그 모습을 지켜보는 왕의 마음은 더 아리고 아팠을 것이다.

왕은 비록 국가 간의 이익을 위한 정략결혼이었지만 어린 나이에 부모와 고향을 버리고 자신에게 와준 공주가 너무도 사랑스럽고 고마웠다. 그런 아내가 향수병에 걸려 얼굴에 웃음기가 사라지자 큰 결단을 내렸다. 공주의 고향에서 나무와 꽃들을 가져와 아름다운 정원을 꾸며 주는 거였다. 메디아에서 바빌론까지 온갖 나무와 식물을 실은 수레의 행렬이 길게 이어졌다. 동시에 유프라테스 강물을 펌프로 끌어올려 물을 대는 대공사도 시작됐다. 비가 내리지 않는 건조한 지역이었기에 계단식 테라스를 만들고 그 위로 물을 끌어올려 흘려보냈다. 층층이 흙을 채운 뒤에 나무와 꽃을 심고 작은 폭포도 만들었다. 멀리서 보면 공중에 떠있는 푸른 숲처럼 보였다.

마침내 사막 한가운데 오아시스처럼 싱그런 옥상정원이 완성됐다. 왕의 지극한 사랑이 세계 7대 불가사의의 하나인 공중정원을 만든 것이다. 고향이 그리울 때마다 공주는 나무와 숲이 우거진 정원에서 큰 숨을 토해냈을 것이다.

범박산을 오른다.

둘레둘레 이어진 산길을 오르내리다 보면 온몸은 땀으로 젖지만 마음은 폭포수 아래 서 있는 것 마냥 시원해진다. 힘겹게 갱년기를 보내고 있는 요즈음, 우리 동네 범박산은 자연이 내게 선물한 바빌론의 공중정원이다. 묵묵히 오래, 늘 그 자리서 변함없이 기다려주는 우직한 사랑. 산 정상에 서 있으면 아미티스 공주도 부럽지 않다.

소소한 일상

추석 연휴다. 아들, 딸네 가족들은 잠깐 얼굴만 비치더니 각자 제집으로 돌아가고 혼자 집을 지키고 있다. 무료함을 달래려고 TV 채널을 이리저리 돌려보지만 온통 '먹 방' 뿐 마땅히 볼만한 프로가 없다. 그때 이 영화가 생각났다.

'패터슨'

지인이 내게 잘 어울릴 거라며 메일로 보내준 건데 처음엔 뭐 이런 영화가 있나 싶어 심드렁했다. 하지만 한 번 보고 두 번 보고 또 보게 된다.

미국의 패터슨이라는 조그만 마을에 버스기사로 살고 있는 주인공 패터슨의 일상은 매일 똑같다. 아침 6시 15분에 일어나 잠든 아내에게 굿모닝 키스를 하고 시리얼로 아침식사를 마친 뒤 도시락 통을 들고, 늘 가던 길을 걸어 회사로 출근한다. 하루 종일 정해진 코스를 운행하고 정확히 6시에 퇴근해 저녁 먹고 강아지를 산책시키며 바에서 맥주 한잔으로 하루를 마무리하는 거였다.

그런 반복되는 일과를 영화는 월, 화, 수, 목, 금, 토, 요일 별로 보여준다. 새로운 것은, 아침마다 달라지는 아내의 꿈 이야기와 매일 시를 쓰는 것이다. 이상한 건 그 영화 속으로 계속 빠져들고 있다는 것이다.

내 하루도 특별한 일이 없으면 그날이 그날이다. 일주일 중 며칠은 모임이나 수업, 수영교습에 가고 그마저도 없는 날에는 종일 바깥출입을 안 하는 날도 많다. 그런 날이면 멍하니 앉아있거나 잡다한 집안일로 하루를 소일한다. 패터슨이 시를 썼다면 나는 잘 써지지 않는 수필에 매달리고 매일 달라지는 아내의 꿈 이야기 대신 창 너머로 지는 석양을 보는 것이 유일한 낙이다. 노화되는 호르몬의 영향인가. 가끔은 자존감 때문에 우울해지고 사람 만나는 것이 두려워 달팽이처럼 내 안으로 꽁꽁 숨어 버린다. 누구를 만나도 섭섭한 것만 보이고 사는 게 무덤덤했다.

　그런데 어느 날, 친구에게서 문자가 왔다. 모 대학에서 출판양성과정 학생을 모집한다는 공고였다. 경력단절 여성의 창업을 돕기 위해 국비로 하는 수업이었다. 그동안 모아 놓은 글로 1인 출판을 해볼까도 생각하던 차라 앞뒤 가리지 않고 바로 지원을 했다. 별 기대를 안 했는데 합격이란다. 3개월 동안 매일 6시간씩 듣는 강행군이었다. 몇 년을 편편 놀다가 장시간 자리에 앉아 있자니 첫날부터 온몸이 뒤틀리면서 무리하지 말라는 신호가 왔다. 게다가 디자인 수업은 5시간 이상 컴퓨터를 들여다봐야 했다. 오후가 되면 눈이 흐릿해져 활자도 거꾸로 보이고 속까지 메슥거렸다. 진도를 따라가지 못하는 나 때문에 수업이 자꾸 지체되어 젊은 학생들에게도 미안했다. 기진맥진해 돌아오면 남편도 걱정하고 주위 사람들도 안쓰럽게 바라봤다. 뭔 고생을 사서 하느냐고, 마음만 앞서지 말고 몸 나이도 생각하라며 핀잔도 주었다.

　갈등이 생기기 시작했다. 수업을 계속하자니 앞이 캄캄했고, 안 하자니 선택에 대한 책임과 미련이 남았다. 잠깐이지만 친분을 맺은 학우와 교수님께도 미안했다.

　고민 고민 끝에 수업을 접기로 했다.

일단 결정을 내리고 나니 마음이 홀가분해졌다. 그동안 건성으로 바라보던 석양도 눈에 들어오고 차분한 평화가 찾아왔다.

가벼운 마음으로 그림과 수영 교습을 다시 시작했다. 몸도 가벼워지고 아침에 일어나는 기분도 달라졌다. 그동안 못 나갔던 모임도 나갔다. 사람들을 바라보는 시각도 바뀌었다. 힘들게 감정을 소모하며 아등바등 살았던 지난날이 후회됐다. 몇 주간의 수업이 내 일상과 생각의 틀을 완전히 바꾸어 놓았다.

패터슨의 마지막 부분을 보고 있다.

어느 날, 그렇게 열심히 돌보던 강아지가 주인공이 써놓은 시 노트를 갈기갈기 찢어버렸다. 출판하거나 복사본으로라도 만들어 놓자는 아내의 권유를 거부하고 오직 자신의 비밀 노트에 적어 놓은 하나밖에 없는 원본이었다. 글자를 맞출 수도 없이 조각 나버린 노트를 바라보는 주인공의 허망한 모습과 마음을 삭이기 위해 거리를 방황하는 뒷모습이 긴 그림자로 일렁거렸다.

절망감에 빠져 폭포 앞 벤치에 앉아있는데 한 동양인 남자

가 다가온다. 시로 숨을 쉰다는 동양인 시인은 그에게 빈 노
트를 선물하고 사라진다. 물끄러미 백지를 들여다보던 그의
눈이 희망으로 빛나며 이렇게 말하는 것 같았다.

'그래 다시 시작하자, 반복되는 일상 속에서 또 새로운 시
를 찾는 거야 .'

 생각의 바뀜은 긴 그림자가 필요하지 않다. 단 한순간의
짧은 스침도 인생을 바꾸기에 넉넉한 시간이니까.

(2018 『부천문단』)

오래된 책

책에선 퀴퀴한 곰팡이 냄새가 났다. 내피도 누렇게 변색되고 군데군데 얼룩져 글씨가 안 보이는 곳도 있다. 단양에 있는 헌책방 새한서점에서 찾아낸 책이었다. 장르별로 구분은 되어 있었지만 산속의 마른 흙바닥에 그대로 쌓아 놓아 고르기도 어려웠다. 어렵게 갔으니 한 권 사야지 싶어 집은 것 중 하나가 알퐁스 도데의 처녀작 『꼬마 철학자(나의 어린 시절)』이다.

집에 와 첫 장을 열었는데 누군가의 서명이 있다. 88年 9月 9日 부산서 00. 서명을 미루어 볼 때 선물 받은 것이 아니라 본인이 사서 날짜와 장소를 적어 놓은 것 같았다. 88년도 싸인을 보니 신기하기도 하고 만감이 교차했다. 88년이면 딱

30년 전이다. 그때 나는 어디서 무엇하고 있었을까?

올림픽이 열렸던 그 해, 나는 두 아이의 엄마였다. 경기도 시흥에 있는 KBS 송신소 사택에 살면서 6살 4살 아이를 키우느라 정신이 없었다. 대한민국 역사상 처음 열리는 올림픽에 자원봉사다 뭐다 나라가 온통 들끓었지만 외진 곳에 사는 내겐 먼 나라의 일처럼 느껴졌다. 남편은 올림픽 중계로 직장에서 살다시피 해 얼굴보기도 힘들었다.

회사 마당을 내 집 정원인 양 착각하고 사택 행을 감행했던 나는 몇 달 못가 후회하기 시작했다. 사무실이 지척인 남편은 출퇴근이 따로 없었다. 항시 대기조처럼 잠자다가도 불려나가고 갑작스레 손님이 와도 뛰쳐나가야 했다. 점점 남편 얼굴이 그늘지고 말수가 없어지고 술이 늘었다. 그런 남편을 속절없이 바라보며 내가 할 수 있는 것은 혼자서도 꿋꿋하게 잘 버티는 거였다. 그러기에는 책읽기가 최고였다. 시장에 가는 날이면 꼭 서점에 들러 책을 샀다. 산 책은 이삼 일이면 다 읽지만 그 내용에 심취해 몽롱하게 일 주일을 보냈다. 그렇게 모인 책들이 지금도 내 책장 한 구석에 수두룩 꽂혀있다. 개중에는 집 나가 돌아오지 못한 책들도 많다. 책을 빌려가면 돌려주지 않는 게 당연하다는 듯 가져가면 그만이었고 돌려 달라고 하지도 못했다.

『꼬마 철학자』를 읽기 시작했다. 알퐁스 도데의 자전적 소설이었다. 불우한 어린 시절의 이야기를 하나도 불행하지 않게 아름답게 써 내려갔다. 그것이 더 가슴을 아프게 했다. 몇 페이지 읽어 내려가는데 내용들이 눈에 익었다. 어디서 봤더라!! 서재로 가 책무더기를 헤쳐보았다. 한참을 뒤지다가 드디어 찾았다. 방구석 맨아래에 『꼬마 철학자』가 잠들어 있었다.

1988년 4월 9일 발행한 16판이었다. 올림픽이 열리던 그해, 밤에도 퇴근하지 못하는 남편을 기다리며 나 또한 그 책을 읽고 있었다. 주인공 꼬마 다니엘의 가슴 아픈 학교 자습교사 생활과 형 자크의 동생에 대한 헌신적인 사랑을 읽으며 눈물 콧물 범벅 되어 잠들었던 그때의 내 모습이 떠올랐다. 적막한 시골에서 외로움을 견디게 해줬던 책들이었는데 천덕꾸러기처럼 구석에 쳐 박혀 있다니…. 이참에 오래된 책들의 먼지를 털어내며 한 권 한 권 꺼내보았다. 최인호의 『잃어버린 왕국』과 이문열의 『우리들의 일그러진 영웅』 '불꽃처럼 사랑하고 사랑하며 죽어가리'의 『아, 전혜린』 김형석 에세이 『하늘의 별처럼 들의 꽃처럼』……. 돌아가신 줄 알았던 김형석 선생님은 요즘 신문에 100세 인생에 대한 글을 기고하고 계신다. 미국의 인기 작가 시드니 셀던의 소설도 시리즈로 꽂혀있다. 읽은 줄도 모르고 또 사서 두 권이 꽂혀있는 책도 여러 권 있다. 그 외에도 빽빽이 꽂혀있는 책들을 다시 꺼내 읽기를 시작했다. 옛 기억들을 소환하며 읽는 재미가 쏠쏠하다.

30년 전의 책 한 권으로 요즈음 나는 행복한 시간여행을 하고 있다.

원취(取)적 본능

수요 모임에서 어느 분이 막걸리를 가져왔다.

청와대 만찬주로 나간다는 경상도 지역의 술이었다. 한 모금 마셔 봤는데 진하면서도 달큰하니 맛이 기가 막혔다. 막걸리 좋아하는 남편 생각이 난다 했더니 한 병을 선뜻 안겨 주었다. 돼지고기 두부김치로 안주를 만들어 놓고 남편을 기다리는데 퇴근 후 동료들과 한잔 하고 온다는 문자가 왔다.

에라 모르겠다. 나 혼자라도 마셔야지. 갈증도 나고 기다림에 지치고, 대접에 가득 따라 벌컥벌컥 마셨다. 알딸딸하니 취기가 올라오는가 싶더니 어질어질 머리가 빙빙 돌기 시작한다.

우리 한 씨 일가들은 술을 마시지 못한다. 술 해독하는 DNA가 아예 없나 보다. 할아버지를 비롯해 아버지는 술은 고사하고 박카스만 마셔도 온몸이 벌게지셨다. 반면에 외가 쪽 식구들은 주당들이셨지만 우리 남매들은 모두 친탁을 했는지 술을 입에 대지도 못한다. 사회 초년생이었던 여동생은 회식 자리에서 맥주 한 잔을 받아 마시고 계단에서 고꾸라져 앞니 두 개가 부러졌다. 목회자인 남동생은 당연히 안 마신다. 우리 집안에서 유일하게 술을 마시는 사람은 나였다.

술꾼 남편과 살면서 한잔 두 잔 받아 마시면서 제법 주량이 늘기도 했다. '집에서 대작을 해주면 밖에서 좀 덜 마시겠지' 해서 저녁마다 반찬을 안주삼아 마셔도 보고, 주사가 있는 남편 길들이겠다고 술을 진탕 마시고 남편이 하던 대로 주정도 해봤지만 억지로 마신다고 느끼는 술이 아니었다. 지독한 두통에 몸이 망가져 병을 얻고 난 뒤 알코올은 내 몸에서 삽시간에 증발해 버렸다. 매일 남편에게서 나는 술 냄새를 맡는 것도 징글징글했다.

술을 마시고 글을 써봐야지, 생각한 것은 요즘 나가고 있는 책 쓰기 지도자 모임에서 나온 안건 때문이다. '책을 쓸 수 있는 사람이 되기 위한 50가지' 중에 취중 글쓰기가 있었다. '술을 마시고 끓어올라 주체할 수 없는 생각들을 적어 본다.' 술이 깨고 자신이 적은 글을 보고 민망해 휴지통에 버릴지라도 자기 자신에 솔직해 지자는 거였다. 거기다 또 용기를 준 것은 박남철 시인의 '독자 놈들 길들이기' 라는 시를 읽고 서다.

　내 시에 대하여 의아해하는 구시대의 독자 놈들에게 — 차렷, 열중쉬엇, 차렷
　이 좆만한 놈들이…… 차렷, 열중쉬엇, 차렷, 열중쉬엇, 정신 차렷……'

　시인이, 지성인이 이런 시를 쓰다니…. 파격이었다. 소월의 '진달래 꽃'이나 정지용의 '향수' 같은 고운 서정시만 읽던 내게 '이 좆만한 놈들'이라니.
　내가 취중이 아니라면 '이것도 詩냐'며 휙 내쳤을 것이다. 하지만 가만히 들여다보니 나도 사람들을 향해, 세상을 향해 이런 말을 수도 없이 내뱉고 있었다.
　내 겉모습만 보고 조신이니 얌전하다느니 말하지만 마음 속으론 별의별 육두문자를 씨부려대지 않았는가. 특히 운

전을 하면서, 바쁜데 끼어들거나 조금만 천천히 가도 저런 XXX 소리를 서슴없이 질러댔다. 동행이 있었으면 절대 하지 못할 욕이 혼자서는 늘 하던 것처럼 자연스럽게 흘러나왔다. 내 승질머리가 그대로 까발려지는 원초적 본능이었다.

아마도 내 차의 블랙박스를 열어본다면 박남철 시인의 시보다 더 험한 말도 들어있을 거였다. 어디 그뿐인가 문학을 한답시고 온갖 교양 있는 척은 다하면서 내 비위에 맞지 않으면 비난과 시기 질투도 서슴지 않고, 나를 좋아해 주는 사람들하고만 끼리끼리 뭉쳐 다니는 이중인격자 단무지(단순하고, 무식하고, 지랄 맞은 O형).

박남철 시인의 시 '독자 놈들 길들이기'는 소녀적 낭만과 감상에만 젖어있던 나에게 얼 차렷을 시키는 것 같아 정신이 번쩍 들었다.

술이 깨는지 머리가 지끈지끈 아프고 주체할 수 없었던 신기루도 슬그머니 사라진다. 다음날 멀쩡한 정신에 술이 취해 쓴 글을 읽어봤다. 자신에게 솔직해졌는지는 모르겠지만 대부분 휴지통에 버릴 문장들이 수두룩하다. 역쉬, 이제부터는 술 마시고 글쓰기는 이걸로 끝이다.

오늘도 침묵 중

방이 텅 비었다.

넓은 집은 아니지만 안방은 우리 부부가 그 다음 방은 딸이, 작은 방은 아들이 살았다. 딸 방은 옷이며 아기자기한 소품과 인형으로 차있고 아들은 오락기나 로봇을 조립해 책장 가득 세워놓았다. 세 방 다 제 각각 필요하거나 좋아하는 물건으로 빼곡해 침대 외에는 남은 공간이 없을 정도였다. 자연히 식구들이 넓은 거실로 모여들 줄 알았는데 밥 먹을 때 빼고는 방에서 나오질 않았다. 원래 말수가 없는 아이들이었지만 성인이 되었으니 그러려니 했다.

대학을 졸업하고 갓 세상 밖으로 나온 딸은 방문을 닫아 걸고 밤새 누구랑 통화하는지 핸드폰을 놓지 않았다. 처음엔 사회생활에 적응하느라 저러겠지 했다. 그러던 어느 날 불쑥 남자 친구를 소개했다. 그 사이 딸은 남자 집에 인사를 가고 그 집에 스스럼없이 다니고 있었다. 뒤통수를 한 대 얻어맞은 기분이었지만 일사천리로 혼사가 진행되었다. 딸이 방을 비웠다. 한동안은 넋이 나간 듯 딸 방을 드나들다가 조금씩 딸의 물건을 정리하기 시작했다. 그 자리에 내 책들이 비집고 들어갔다. 안방에, 거실에 대책 없이 쌓여 있던 책들이 보기 좋게 제 자리를 찾아갔다. 딸이 쓰던 책상도 내 것으로 만들었다. 컴퓨터와 프린터를 갖다 놓고 방문 앞에 '집필 중' 팻말을 걸었다. 뭘 집필한다는 건지, 일 년 내내 한 번도 뒤집힌 적이 없는 '집필 중'이란 팻말에 식구들은 감히 방문을 열지 못했다.

딸보다 쪼금 낫긴 하지만 과묵한 아들 역시 모처럼 둘러앉은 밥상에서도 말이 없었다. 술기운에 입이 트여 온갖 조언을 늘어놓는 아버지 말씀에도 예, 아니오가 전부다. 한두 시간씩 계속되는 같은 말에 '욱' 하며 치받고 싶으련만 아들은 그저 고개만 끄덕일 뿐이다. 아들이 취업을 하자 여기저기서 소개팅이 들어오더니 드디어 결혼을 했다. 아들마저 방을 비웠다. 집안은 더 썰렁해졌다. 술 취한 남편의 헛말에 이골 난

나도 되도록 말을 아꼈다. 그나마 가끔 저녁 식탁에서 오고 가던 대화도 뚝 끊겼다. 부부의 머리 위론 침묵만 둥둥 떠다녔다.

이번엔 남편이 아들의 빈 방을 채우기 시작했다. 컴퓨터를 들여놓고 인터넷 바둑을 두기 시작했다. 밤새 게임 삼매경에 빠져있는 아들을 그토록 나무라더니 자신도 똑 같이 하고 있었다. 게다가 퇴직까지 했으니 시간은 넘쳐났다.

부부가 하루 종일 같이 있어도 식사시간 외에는 얼굴 볼 일이 없었다. 각자 자기 방에 들어앉아 한 사람은 '집필 중'이고 한 사람은 유튜브에 빠져 살았다.

서너 달이 느린 강물처럼 흘렀다. 퇴직자는 점점 지루해지기 시작했다. 밖은 온통 초록 천지였다.

평일 아침, 부부는 모처럼 산에 올랐다. 얼마 전까지만 해도 실업자 같아 싫다던 사람이었다. 할 말 없이 앞서거니 뒷서거니 걷는데 마침 한 여성이 산을 오르고 있었다. 남편이 입을 열었다.

"퇴직한 동기 몇 모아놓고 혼자 오는 여성들 커플 해주는 아르바이트 하면 어떨까?"

170

"에구 공유나, 박보검처럼 멋있는 젊은이라면 몰라도 당신 처럼 속알머리 없는 중늙은이들을 누가 찾는데요. 오다가도 기겁을 하고 도망가겠구먼. 헛소리 좀 그만해욧."

"그러면 산 정상까지 막걸리 지고 올라가 당신은 지짐 부 치고 나는 막걸리 팔면 되겠네."
"요즘 산이 취사금지인지도 몰라요? 될 소리를 해야지."

"아니, 아이디어도 못 내놓게 해. 이런 데서 멋진 아이템이 나올 수도 있잖아."
"될 만한 아이디어를 내놔야지. 맨날 쓸데없는 말만 하면서."

하필 오늘, 햇살 눈부신 초록 우산 속에서 그동안 참았던 '욱'이 왜 터져 나오는지…….
새소리가 뚝, 그쳤다.

제5부
퇴직 여행

세월

    대만, 야류 해상 지질공원의 바위들은 각각의 가족들이 모여 집안을 이룬 공동체 같다. 바위마다 대를 이어가며 한 가계가 형성되는 과정이 고스란히 나타나 있다. 어떤 집은 맘씨 좋게 파도를 품에 안아 넉넉해지고, 어떤 집은 완고하게 버티고 서서 자기들만의 성을 고집하고 있기도 하다. 그럼 우리 집은 어떨까?

    스물넷 나이에 친구의 소개로 처음 만났다. 맥주나 한잔하고 헤어지자는 말에 쫄래쫄래 따라가 술 한 잔을 단숨에 들이킨 것이 고리가 되었다. 처음 만난 남자 앞에서 대놓고 술을 벌컥 마셔버렸으니, 남자는 자존심이 무척 상했나 보다.

    '요것 봐라 어디한번 해보자 이거지?' 받든 안 받든 매일 전화를 했다. 티켓을 어렵게 구했으니 안 나오면 쳐들어간다고 협박도 했다. 협박이 통했는지 티켓이 마음에 들었는지 여자는 튕기는 척하며 넘어갔다.

세종문화회관에서 두 번째 만남이 있는 날, 여유로운 문화생활을 즐기겠다고 한껏 치장하고 나온 여자 앞에 남자가 나타났다. 예비군 훈련을 받고 바로 오는 길이라며 후줄근한 군복에 흙투성이 군화를 신고서 말이다. 얼굴이 비칠 정도로 반짝거리는 대리석 바닥 위로 걸을 때마다 붉은 흙가루가 떨어졌다. 같이 걷던 여자는 창피스러움에 얼굴이 붉어졌다.

연주 홀은 어두워 그나마 다행이었다. 오케스트라의 연주를 들으며 구겨진 자존심을 회복하고 있는데 남자는 잔잔하면서도 웅장한 클래식 음악에 코골이로 장단을 맞추고 있었다. 연주회가 끝나고 예의상 저녁 먹고 헤어지면 다시는 만나지 말아야지 다짐을 했다. 하지만 잠깐만 같이 걷자는 청을 거절하지 못하고 조금만, 조금만 하다가 집 앞까지 와 버렸다. 꽤나 긴 시간을 걷는 동안 남자는 자신의 한 면에 성실과 진실이라는 강한 접착제를 발라 놨다. 접착제에 철썩 붙어버린 여자는 남자에게 운명을 맡기기로 했다. 드디어 한 개의 사암이 형성되는 순간이었다.

하나의 작은 덩어리가 만들어지자 사암은 점점 큰 덩어리로 불어나기 시작했다. 둘만의 관계에서 아이들이 태어나고 친척과 친구들이 합쳐지니 실타래처럼 복잡해졌다. 깨끗하게 정리를 하려고 이물질을 걷어내면 또 다른 잡티가 더 와서 붙었다. 그렇게 세월이 가고 삶의 이치를 알아가면서 덩어리는 조금씩 양보하며 순리대로 살아가는 게 제일 행복하다는 것을 깨달았다.

부부는 해안선을 따라 길게 늘어서 있는 바위틈에서 자신들에게 꼭 맞는 바위를 찾아보았다. 바다 깊숙이 뿌리를 내리고 거친 파도를 맞고 있는 버섯 바위는 아닌 것 같다. 멀리서 보기에는 아름다워 보이지만 끊임없이 몰아치는 파도와 비바람에 몸속의 실핏줄이 다 드러나 보일 정도로 지쳐있다.

비슷한 집을 찾지 못하고 이리저리 헤매다가 너럭바위 바닥에 녹아 있는 희미한 화석을 발견했다. 기어다니던 곤충에서 꽃무늬, 조개껍질, 나무의 나이테까지 수 만년 세월을 고스란히 간직한 화석들이 여기저기 숨어 있었다.

자세히 보지 않으면 그냥 지나쳐 버렸을 작은 화석들은 무심한 발길에 밟히면서도 자신들의 존재를 당당하게 보여주고 있다. 그제서야 부부는 서로 얼굴을 마주 보고 깊은 심호흡을 했다.

땅거미가 내리는 바닷가에서 곳곳에 박혀있는 화석을 찾아내며 우리는 30여 년의 세월을 슬금슬금 풀어 놓기 시작했다.

(2014『부천수필』)

두려움 극복하기

"30분만 실습하면 바로 바다로 나갈 수 있습니다."

20분 동안 스킨스쿠버에 대한 동영상을 보여주던 코치가 자신감 있게 설명한다.

설명은 들었지만 얼떨떨한 정신으로 다이빙슈트를 입고 오리발을 신고 산소통을 멨다. 수경에 침을 발라 착용하고 입에는 스노클을 물었다.

코치의 안내에 따라 물속으로 머리를 들이밀고 호흡을 해 본다. 숨을 들여 마시고, 내쉬고. 처음에는 입으로만 숨을 쉬는 게 쉽지 않았지만 차츰 익숙해지기 시작했다.

코에 물이 들어가거나 수경 안으로 들어온 물을 빼는 방법도 단단히 연습했다. 물속 깊이 들어가면 수압으로 귀가 먹먹해지는 것을 막기 위해 코와 입에 힘껏 공기를 물었다가 뱉어내는 일도 잘되었다.

바다로 나갔다. 필리핀에서도 가장 아름답다는 보라카이 섬. 수심과 햇빛과 산호초가 어우러진 바다가 여러 빛깔로 반짝이고 있었다. 푸른 물감을 풀어놓은 듯 하늘과 바다의 경계를 구분할 수 없다. 눈부시게 파란 햇빛 속으로 계속 들어가고 있다. 출렁출렁 바닷길을 한참 달리던 배가 멎었다.

잠수하기 위해 허리에 납 벨트를 차고, 산소통을 메고 차례를 기다린다. 물에 들어가기 직전 중년 여자 두 명이 기권을 한다. 그 모습을 보니 내 자신감도 확 줄어든다. 바다 속을 들여다본다. 수심은 깊은데 바닥이 보일 정도로 맑다. 두려워하는 모습이 아무래도 못미더웠는지 코치 두 명이 내 옆에 바짝 붙었다. 그래 배운 대로 해보자. 손을 가슴에 얹고 뒤로 풍덩 빠졌다. 천천히 호흡을 하며 물속으로 들어가 본다. 조금씩 깊이 들어가자 귀가 먹먹하고 가슴이 답답해오기 시작했다. 강습 때 배운 대로 귀를 뚫고 나니 이번엔 코로 눈으로 마구 물이 들어오기 시작한다. 와락 공포감이 밀려온다. 어린 시절 물에 빠졌을 때의 그 공포다.

남동생과 엄마를 따라 냇가에 갔었다. 엄마가 빨래를 하는 동안 일곱 살, 다섯 살인 나와 동생은 물놀이를 했다. 내 허벅지쯤에서 찰랑거리는 수심이었다. 엄마는 빨래를 하면서도 수시로 우리의 안전을 확인했다. 고무신 한 짝으로 배를 띄우며 놀던 동생이 갑자기 보이지 않았다. 나는 그저 멍하니 사방을 두리번거리고만 있었다. 저쪽에서 동생의 머리가 쑥 나왔다 사라진다. 미처 엄마를 부를 틈도 없이 동생을 구하러 달려갔다. 동생을 잡으려는 순간 나도 빨려들어 갔다. 수영도 못하니 아무리 몸부림쳐도 물 밖으로 나올 수 없었다. 코와 입으로 물이 마구 들어와 정신이 몽롱해졌다. 바로 엄마와 어른들이 물에 뛰어들어 우리를 구해냈다. 조금만 늦었어도 동생과 나는 이 세상에 없었을 거다. 어른들에게도 가슴팍 너머까지 차는 물 웅덩이였다. 그때의 두려움으로 바닷가에 살면서도 물에 들어가지 못했다.

이번 여행 코스 중 하나가 스킨스쿠버 다이빙이었다. 먼저 여행을 다녀온 아들의 적극적인 추천도 있었지만 내심 물에 대한 두려움을 극복하고 싶었다. 물에 빠진 후로 수영을 꽤나 오래 배웠는데도 그건 수영장용일뿐 강이나 바다에서는 전혀 도움이 안됐다.

그렇게 나를 지켜주겠다던 남편은 어디에 있는지 찾을 수도 없고 벌써 입수한 젊은 남녀들은 물속 바닥에 발을 딛고 조개를 줍고 사진을 찍고 신이 났다. 밀려오는 공포감에 더이상 아래로 내려갈 수 없어 코치에게 올라가겠다고 수신호를 하고 말았다. 한번 두려움이 밀려오자 그 두려움은 걷잡을 수 없이 커져 수면 위로 올라오는 그 짧은 시간도 한없이 길게만 느껴졌다. 죽음의 공포였다. 물 위로 올라와 조금 안정되자 코치는 다시 시도해 보자고 신호를 보낸다. 한번 열면 버려야하는 산소가 너무 아깝단다. 하지만 나는 손사래를 쳤다. 물을 보기만 해도 등골이 시리도록 무서웠다.

배 위로 올라와 사람들을 기다리는 시간은 더디고 지루했다. 이번에도 두려움을 극복하지 못했다는 자책감에 마음이 무거웠다. 물에 대한 두려움뿐만 아니었다. 몇 번의 접촉사고 후의 운전에 대한 두려움과 건강에 대한 두려움. 글을 쓰면서도 글에 대한 강박이 얼마나 심장을 오그라들게 하는지. 그동안 내 안에 도사리고 있던 많은 두려움이 승리의 팡파르를 울리고 있었다.

다음날도 바다로 나가 스노클링을 하는 일정이 잡혀있다. 리조트로 돌아와 수영장에서 잠수연습을 하며 이번에는 기필코 극복하리라 마음을 다잡았다.

"두려움을 극복할 수 없는 것은 그것을 두려워하기 때문이다. 두려워하면 할수록 끈질기게 달라붙으므로 그것과 과감하게 맞서라." 영국 작가 캐서린 쿡슨이 그랬던가.

남편의 손을 잡고 서서히 물속으로 들어간다. 호흡도 고르고 마음이 편하다. 옆에 남편이라는 보호자가 있어서 그런가. 한동안 아무것도 보이지 않던 바다 속이 환히 열렸다. 몇 번의 실패 끝에 성공한 물밑 세상에선 열대어와 산호초가 알맞은 태양광선 아래 찬란히 빛나고 있었다.

서명

갑자기 추워진 날씨에 머플러에 옷깃을 단단히 여미고 지하철역 계단을 내려왔다. 영하 13도까지 내려가 한파주의보가 발령 중이었다. 계단 끝 부분에 외국인 두 명이 서있는 것을 보았지만 관심을 두지 않았다. 역 앞은 국적 불문하고 다양한 사람들이 모이는 곳이다. 주말이면 광장 곳곳에서 악기를 연주하거나 노래를 부르며 공연하는 사람들로 넘쳐났다. 옷이나 장신구 등을 파는 외국인들도 종종 보이기에 그런 거려니 했다.

"서명 좀 해주세요."

낯선 목소리가 내 뒷덜미를 잡았다. 서툰 한국말이었다. 조금 전 옆을 스쳐 지나갈 때도 그렇게 말했던 것 같다. 외국인이 부탁하는 서명이 무언지 궁금했다.

　다시 계단을 올라가 그 옆으로 다가갔지만 나를 보지 못했다. 그냥 갈까 망설이다 등지고 서있는 그녀의 어깨를 살짝 건드리며 물었다.

　"무슨 서명이에요?"

　갑작스런 물음에 깜짝 놀라더니 사진첩을 하나 보여줬다. 네팔 지진의 참상이었다. 그녀는 우리나라에 유학 온 네팔 학생이라 했다. 지진이 난 지 몇 해가 지났지만 아직 복구되지 않아 학생들이 공부할 장소가 없단다. 고국의 학생들을 돕고 싶어 거리로 나왔단다. 사진 끝 부분은 서툰 한글로 후원해달라는 글귀가 쓰여 있었다. 몇 사람의 이름과 후원금 액수가 적혀있다.

　'지진을 빌미로 구걸 행각을 하는 건 아닐까!'

　미심쩍은 생각이 들었다. 안 좋은 기억들도 떠올랐다. 어떤 단체는 한번 후원해줬더니 그 후로 끈질기게 연락이 왔다. 연락처를 어떻게 알았는지 비슷한 다른 단체들까지 전화로 도움을 청했다. 거절할 수 없어 도와주다보니 대추나무연 걸리듯 주렁주렁, 이젠 모르는 전화는 아예 받지 않는 지경까지 왔다. 좋지 않은 표정을 읽었는지 간절한 눈빛으로 나를 바라본다. 순간 그녀의 눈과 마주쳤다.

그 눈이었다. 네팔을 여행하며 수도 없이 보았던, 수렁처럼 깊고 고요했던 그곳 사람들의 눈. 눈동자가 너무 검어 무슨 생각을 하는지 도무지 알 수 없어 슬퍼 보이기까지 했던 눈빛이 내 앞에 서있었다.

내가 네팔에 갔을 때는 지진이 나고 일 년이 지난 후였다. 우리나라 같으면 거의 복구되어 새로운 도시가 탄생되어가고 있을 터였다. 그곳은 그대로였다. 돌무더기가 된 사원에서 기도드리고 나무 몇 개의 지지대가 지붕을 받치고 있는 집에서 아슬아슬한 생활을 하고 있었다. 발길 닿는 곳곳마다 사원이 있어 신께서 다 알아서 해주시리라는 믿음 때문인지 일상은 평온해 보였다. 부서진 건물 옆에서 노천 시장이 열리고 좁은 골목에서는 음식을 만들어 팔았다. 아무 일 없듯이 거리는 북적거렸다.

그때 한 소녀를 만났다. 결혼식장이었다. 화려한 조명도 멋진 꽃장식도 없었다. 겨우 비바람만 막아주는 간이 건물에서 명절이나 축제 때 입는 빨간 드레스를 입고 있었다. 하지만 세상 어느 신부보다 아름다웠다. 그녀의 눈은 호수처럼 맑고 흑요석처럼 빛났다. 예복도 없는 소박한 결혼식이었지만 사람들은 즐겁게 먹고 마시고 춤췄다. 성대한 결혼식보다 더 긴 여운이 남았다.

여행 마지막 날, 난민촌에 머무는 사람들을 위해 가지고 갔던 옷가지들을 주고 왔지만 폐허 속 소녀의 모습이 머릿속에서 떠나질 않았다.

그녀의 눈 속에 소녀의 눈빛이 겹쳐졌다. 쌍꺼풀 진 커다란 눈동자가 블랙홀처럼 빨아들인다. 아무것도 생각나지 않았다. 뭐에 홀리듯 서명 란에 이름을 적고 가지고 있던 현금을 다 내놓았다. 아릿한 그리움이 몰려왔다.

슬퍼서 아름다운 그곳

크로아티아에서 헝가리로 가는 버스 안에서 영화를 봤다, 헝가리 국경을 넘어 부다페스트로 가는 내내 영화에 몰입돼 차창 밖으로 펼쳐진 멋진 경치도 눈에 들어오지 않았다. '글루미 선데이'

부다페스트에 사는 자보는 관능적이며 치명적인 아름다움을 가진 연인 일로나와 레스토랑을 운영하고 있다. 어느 날 일로나의 요청으로 안드라스라는 피아니스트가 들어오게 되고 일로나는 그와 사랑에 빠진다. 자보와의 관계를 아는 안드라스는 슬픈 마음으로 글루미 선데이라는 곡을 작곡하고 연주한다. 그 무렵 일로나의 매력에 빠진 독일 청년 한스는 그녀에게 청혼했다가 거절당하고 글루미 선데이를 들으며 세체니 다리에서 뛰어내리지만 자보의 도움으로 목숨을 건진다.

"그녀를 사랑하려면 내 생의 전부를 바칠 용기가 필요하다며" 일로나의 마음 반쪽이라도 가지겠다는 자보와 안드라스의 기이한 삼각사랑 줄다리기 속에 2차 세계대전이 터지고 독일인 한스가 냉정한 나치장교가 되어 나타난다. 일로나는 유대인인 자보를 구하려고 한스에게 무릎을 꿇지만 결국 자보는 가스실로 들어가고 안드라스는 자살한다. 60년이 지난 후 부와 명성을 쌓은 한스는 생일을 맞아 자보의 레스토랑을 찾고, 옛날을 회상하며 글루미 선데이 노래를 듣다가 갑자기 가슴을 움켜쥐고 죽는다는 저주받을 만큼 아름답고 슬픈 이야기.

영화가 끝나도 한동안 정신이 몽롱했다. 일로나가 부르던 노랫가락이 머리에서 계속 맴돌았다. 점심나절 도착한 부다페스트는 늦가을의 정취를 가득 담은 가을비가 추적추적 내리고 있었다.

겔레르트 언덕에 올랐다. 두나강을 사이에 두고 오른쪽 부다와 왼쪽 페스트의 전경이 한눈에 보인다. 웅장하고 고풍스런 왕궁과 아름다운 거리를 이리저리 걸어본다.

전통시장에 들렀다. 피아니스트가 나타나기 전 자보와 일로나가 시장을 보던 그곳. 양배추며 홍당무를 흥정하며 행복해하던 둘의 모습이 노점 곳곳에 잔영으로 남아있다. 피아니스트와 밤을 보내고 나란히 걸어오다 자보와 마주친 곳도 이 시장 어디쯤이었을 게다. 분노 보다는 체념과 연민으로 일로나를 바라보던 자보의 애절한 눈동자가 자꾸 떠올라 얼른 자리를 떴다. 자보와 안드라스, 일로나가 함께 걸었던 프랭클로 거리를 지난다. 내게도 애절하게 사랑하는 남자가 동시에 생긴다면 어떤 기분일까. 상상만 해도 가슴이 두근거리는데 쇼윈도에 비친 내 모습을 보는 순간 황홀하던 상상이 확 깨져버렸다. 거기엔 피곤해 보이는 50대 중년여자의 무표정한 얼굴이 서로를 바라보고 있었다. 실망과 놀람을 애써 감추며 영웅광장까지 왔다. 영화의 모델이 되었던 레스토랑 '군델'. 영국 엘리자베스 여왕이 들렀다는 그곳은 음식 값이 비싸 들어가지 못하고 근처 작은 레스토랑에서 저녁을 먹었다. 후식으로 토카이 와인을 마시는데 어디선가 감미롭고 슬픈 음악이 흐른다. '글루미 선데이' 손님들을 위해 식당에서 들려주는 서비스였다. 다시 또 몽롱한 기분이다. 예전에는 금지곡이었다는데 빌리 홀리데이나 사라브라이트만이 리메이크해 부르면서 다시 연주되고 있다. 1930년대 레피 세레위가 사랑하는 연인을 떠나보내고 실연의 아픔을 견디지 못해 작곡했는데 곡이 히트 치면서 유럽 곳곳에서 자살하는 사람이 속출하자 자살을 방조하는 노래라고 연주를 금지했단다.

우울하고 슬픈 멜로디가 2차 세계대전 후 암울했던 사회 분위기와 어우러져 사람들의 이성을 마비시켰는지도 모르겠다. 음악에 취해 뭐라고 표현할 수 없는 묘한 기분으로 페스트의 밤거리로 나왔다. 사라진 안드로스를 찾아 일로나가 자전거로 누볐던 두나 강변은 야경을 보려고 몰려든 관광객으로 붐볐다. 세체니 다리 위에 섰다. 19세기 중간 두나강 위에 최초로 세워진 다리. 밤에 불을 밝히는 전구가 사슬처럼 보인다고 세체니(사슬)다리라고 하기도 하고 헝가리 발전에 큰 공을 세운 세체니 백작의 이름 따서 지었다는 설도 있다. 다리 난간에서 바라보는 야경은 화려하면서도 쓸쓸하다. 독일인 한스가 뛰어내리고 안드라스가 자살 충동을 느끼고, 많은 사람들이 음악에 홀려 목숨을 던진 곳이기에 슬퍼서 더욱 아름다웠는지도 모르겠다.

부다페스트는 내게 '글루미 선데이'로 각인되었다. 헝가리를 떠나 체코로 이동하는 버스에서도 내내 그 선율이 지워지지 않았다.

우울한 일요일/ 내가 흘러 보낸 그림자들과 함께/ 내 마음 모든 것을 끝내려 하네/ 곧 촛불과 기도가 다가올 거야/그러니 아무도 눈물 흘리지 않기를/ 나는 기쁘게 떠난다네/ 죽음은 꿈이 아니리/ 죽음 안에서 나는 당신에게 소홀하지 않네/ 내 영혼의 마지막 호흡으로 당신을 축복하리……

가을비와 함께한 부다페스트의 여정은 우울한 일요일이 아니어서 얼마나 다행인지.

(2017 『에세이스트』)

여신 쿠마리

햇볕이 뜨거운 오후, 카트만두 두르바르 광장 옆 쿠마리 바흐에서 당신을 기다렸습니다.

당신을 기다리며 둘러본 집 벽면은 장식한 나무 조각과 결 사이에 홈이 파여 마치 노인의 손등 마냥 실핏줄이 툭툭 튀어나와 있었습니다. 틈 사이마다 오랜 세월 그곳을 지키며 살아온 삶의 이야기를 들려주는 것 같아 얼마나 정겹던지요. 마당 한가운데 작은 정원에는 푸른 잎들이 더위에 지쳐 고개를 숙이고 있었습니다.

나도 그렇게 햇빛에 익어 갈 때쯤 위층 창문이 열리며 당신이 나타났습니다. 무척 어린 얼굴이었지요. 아주 잠깐 동안이었지만 짙은 화장에 무표정한 당신의 얼굴은 내 뇌리에 각인

되어 버렸습니다. 여신이지만 살아 있어서 일까요? 아무리 무표정을 가장해도 나는 당신의 얼굴에서 인간의 흔적을 살짝 훔쳐보았습니다.

당신은 힌두 여신 두르가(탈레 쥬)의 환생이라지요. 지금 당신을 칭하는 '쿠마리'는 두르가 여신의 어릴 때 이름이라 했습니다. 네팔에는 현재 한 명의 로열 쿠마리와 열 명의 로컬 쿠마리가 있다지요. 사람들은 당신을 로열 쿠마리라고 부르더군요.

당신을 숭배하기 시작한 것은 13세기에 시작해서 17세기 카트만두 말라 왕조시대에 정착되었다고 들었습니다.

'천상에서 심심했던 두르가 여신이 어여쁜 소녀의 모습으로 내려와 매일 밤 왕과 '트리 파샤'라는 주사위 놀이를 하였답니다. 그렇게 밤마다 놀다 보니 왕이 소녀에게 음심을 품게 되었습니다. 화가 난 여신이 하늘로 올라가버리자 왕은 다시 내려와 줄 것을 간절히 청하였지요. 왕을 불쌍히 여긴 여신은 아버지가 석가모니 후예인 '샤카' '바즈라샤카' 가문과 힌두교인 어머니 사이에서 태어난 어린 소녀를 뽑아 섬기라 하였지요.' 그렇게 당신은 불교와 힌두교의 중재와 화해의 상징으로 태어났습니다.

당신의 이마에는 세상의 모든 이치와 법을 꿰뚫어 볼 수 있는 제3의 눈이 있습니다. 그 신성한 눈을 가지기 위해 서너 살 어린 나이에 32가지나 되는 시험을 통과해야 하지요. 몸에 흉터가 없고 머리카락과 눈동자는 검고 눈꺼풀은 소와 같아야 하고 목은 고둥을 닮아야 한다지요. 두려움과 슬픔, 기쁨 같은 속세의 감정을 드러내면 안 되기에 한 치의 빛도 들어오지 않는 어두운 방에서 짐승들의 머리와 함께 하룻밤을 지내기도 합니다. 피비린내가 무서워 소리를 지르거나 울기라도 하면 바로 탈락이지요. 어디 그뿐인가요. 달라이 라마의 환생자를 찾듯이 전대(前代) 쿠마리가 쓰던 물건을 골라내야 하는 시험도 치르게 되지요.

이렇듯 험난한 과정을 거쳐 당신은 살아있는 여신이 되었습니다. 자신의 의지가 아닌 풍습과 부모님의 뜻에 의해서지요. 당신은 사원 밖에 나가서도, 걸어서도, 말을 해서도, 웃어서도 안 됩니다. 여신을 숭배하러 온 사람들에게 신성한 눈 '티카'를 이마에 찍어주며 축복을 빌어 주기 위해 일 년에 몇 차례만 외출이 허락되지요.

당신은 그렇게 외롭고 고독한 삶을 살아야 합니다. 그렇다고 영원한가요? 아니지요. 몸에 상처가 나거나 피가 흐르면 여신의 지위에서 내려와야 합니다. 피는 불결하다고 믿기 때문이죠.

평범한 인간으로 돌아와도 행복하지 않았습니다. 예로부터 내려온 풍문이 쿠마리와 결혼하면 남자가 단명하고 집으로 돌아가면 집안이 망한다는 허무맹랑한 소문 때문이지요. 그래서인지 많은 쿠마리들이 집으로 돌아가지 못하고 거리로 내몰려 창녀까지 되는 슬픈 사연도 있었답니다. 당신도 그런 사연을 모를 리 없겠지요.

표정 없는 당신의 모습에서 흔들리는 인간의 고뇌를 본 것도 이 이야기를 들었기 때문일 겁니다. 몇 년 전 당신의 일상을 담은 동영상이 SNS에 올라온 적이 있었습니다. 그것을 본 사람들은 쿠마리 제도가 어린이 학대라고 대서특필했습니다.

그래서였을까요? 여신으로 있는 동안 학교는 다니지 못하지만 가정교사를 두어 공부도 하고 환속하면 학교로 돌아가 사회생활에 적응할 수 있는 제도가 마련되었다고 합니다. 얼마나 다행인지 모릅니다.

이제 몇 년 후, 당신이 쿠마리에서 물러나 평범한 소녀로 돌아올 때 활기차게 생활하는 모습을 볼 수 있길 바랍니다. 아니 그때가 언제일지는 단정 지을 수 없겠군요. 네팔에 있는 열 명의 로컬 쿠마리 중 50년 동안이나 여신으로 살고 있는 쿠마리도 있다지요. 보통 사춘기 생리가 시작되면 은퇴를 하는데 아직도 생리가 없어 여신으로서의 임무를 수행하고 있답니다. 당신은 그러지 않기를 바랍니다. 외롭고 고결한 여신으로서의 삶보다 온갖 희, 노, 애, 락을 경험하는 여인으로 사는 삶이 인생을 더 풍요롭게 해주리라 믿기 때문입니다.

42대 로열 쿠마리 사 미타 바즈라샤카! 아주 잠깐이었지만 당신을 내 가슴에 담았습니다. 그리고 당신을 향해 깊이 합장합니다. 뭔지 모를 연민을 품은 채….

(2016 『부천수필』)

홍임 모(母) 전상서

홍임 모, 안녕하신지라? 갈바람에 나뭇잎이 다 떨어지던 날 초당에 갔었지요. 원래 목적은 김영랑 시인 문학제에 갔던 길인데 그래도 다산초당에는 한번 들려야하지 않겠느냐는 동인들의 의견에 휘적휘적 초당에 올랐지요.

그때까지도 『목민심서』나 『흠흠신서』를 쓴 실학의 대부 다산만 알았지 홍임 모에 대해선 아무것도 몰랐답니다. 250년이 지난 후에 어느 소설가가 쓴 『다산의 사랑』이라는 책을 통해서 홍임이와 홍임 모를 알게 되었어요. 책 속에서 어메는 숨 한번 제대로 쉬지 못하고 다산의 숨겨진 여인으로 어둔 초당에서 뱅뱅 돌고 있었지요. 청상과부가 된 홍임 모를 다들 남당네라 불렀다지요.

18년 동안 유배생활하면서 아무리 학식이 많은 선비라도 남자 아닌감요? 아녀자 없이 끼니때마다 음식하고 빨래하고 집안을 건사한다는 것이 얼마나 힘들었겠어요. 홍임 모가 없었다면 아마도 다산은 풍으로 팔다리가 마비되었을 때 이 세상을 하직하고 말았겠지요. 그 많은 저술도 하지 못했을 거구요. 지극정성으로 모신 남당네 덕분에 75세까지 장수했을 것이구만요.

초당의 예전의 모습은 온데간데없습디다. 집터만 그대로지 지붕은 기와로 이고 마루랑 토방은 보수공사를 한다고 새끼줄을 처 놔 제대로 보지도 못했네요. 그래도 제자들이 고아 드시라고 가져온 잉어를 놓아준 연못은 그대룹디다. 거기서 남당네가 차를 덖고 마루에 걸레질 하고, 제자들 밥해 먹이고 다산의 팔다리를 주무르며 시중드는 모습을 상상하며 둘러보았답니다.

울울한 대숲과 차나무 밭을 지나 백련사 가는 길목, 굽이굽이 선상님을 위해 종종걸음치며 오르내렸을 오솔길을 따라가 보았네요. 백련사 공양주로 있으면서 절 일하랴 초당에 와 살림하랴 하루도 쉴 새 없이 몸을 움직여야 하지만 그래도 어메의 마음은 참 행복했겠어요. 게다가 홍임이까지 낳고 얼마나 알근달근 살았을까. 일찍이 청상되어 이집 저집 허드렛일 하며 몸 붙일 곳 없이 살다가 비록 귀양살이는 하고 있지만 한양에서 큰 벼슬을 하던 명망 높은 분의 소실로 들어갔으니 말이에요. 그래도 홍임 모로 본다면 다산이 해배되지 않는 게 더 행복했을 텐데. 마음속으로는 선상님이 평생 강진 초당에서 어메랑 홍임이랑 같이 살았으면 하고 바랐을지도 모르지요. 하지만 세상일이 고러코롬 마음대로 되던가요?

어린나이에 시집와 하늘같은 지아비만 바라보며 늙어가는 본부인이 있고, 대나무처럼 곧게 자라는 아들들이 있는데 말이에요.

아들 학유에게서 남당네의 이야기를 전해 듣고 시집올 때 입었던 다섯 폭 붉은 치마를 강진으로 보냈다지요. 그것을 보고 본가에 살고 있는 부인을 생각해 달라는 그 애처로운 맴을 저도 알 것 같아요. '시앗을 보면 길가의 돌부처도 돌아앉는다'는데 좋은 시절 청상 아닌 청상처럼 외롭게 살고 있는데 귀양살이 간 지아비가 젊은 여인네 수발을 받고 있으니 어찌 마음이 편했겠어요? 여성 상위시대라는 오늘날에도 남편이 딴 여자를 보면 화병이 도저 죽어뿔 것 같은데. 그 맴을 아는지 모르는지 선상님은 홍씨 부인의 빛바랜 치마폭을 싹

둑 잘라 거기다 자식들 일깨우는 글을 썼다니, 같은 여자 맘으로 쪼가 거시기 했겠어요. 아무리 학식이 많아도 남자는 남자지요. 단순한 남정네들이 요로코롬 복잡 미묘한 여자 맴을 어찌 알겠어요.

그러니 선상님이 유배에서 풀려나 홍임 모녀를 불러들였지만 홍씨 마님이 당차게 밀어낸 거지요. 십여 년을 유배지에서 마나님 대신 지극정성으로 지아비를 모셨다면 고맙다고 품어 주어야 마땅한데. 양반가문에서 질투는 '칠거지악'이라 했지만 소실을 보면 속에서 불덩어리가 확 치밀어 오르는 여자의 본심을 어떻게 가리겠어요.

그것도 모르고 해배되어 고향으로 돌아가면 돛배 한 척 사들여 거기에 방을 내고 홍임이와 홍임 모와 유유자적 살겠다던 선상님의 말씀만 믿고 좋아라 한양으로 올라왔지요. 본가 문간방에도 들어가지 못하고 성님네 집 옆 오두막에서 갖은 설움 다 겪으면서 고생고생하며 살아가는 홍임 모를 보며 맴이 쓰려 혼났다니까요. 자식은 내리 사랑이라고 비록 신분이 낮은 어미의 몸에서 낳지만 눈에 넣어도 안 아플 이쁜 딸인데 을매나 보고잡었겠어요. 마음은 왼통 홍임이네 식구에게가 있으면서도 부인과 아들들의 눈치가 무서워 근처도 얼씬

200

하지 않는 선상님이 야속했구만요.

그래도 어메는 참 착한 사람이요. 한 번도 선상님을 원망하지 않고 선상님 맘을 헤아렸으니 말이요. 아니 마음을 비웠는지도 모르지요. 젤 좋은 시절을 선상님 모시고 살았으니 이젠 내어줄 줄도 알아야 한다는 이치를 깨달아 버렸나요?

2년 동안 맘고생만하다가 쫓겨나다시피 강진 초당으로 내려와서도 한 잎 한 잎 찻잎을 따서 정성스레 차를 맹글어 선상님께 올려 보내는 어메의 마음에 내도 가슴이 찡하니 목울대로 뜨거운 것이 확 올라오더라고요.

그 심정을 선상님이 아시고 '기러기 끊기고 잉어 잠긴 천리 밖, 해마다 오는 소식 한 봉지 차로구나' 라는 시로 홍임 모녀에 대한 그리움을 담았다지요.

지아비 한 분으로 두 여인네의 삶이 외롭고 고독했지만 그 여인들의 사랑과 정성으로 다산이 저렇듯 높은 경지에까지 올랐으니 그걸로 위안을 삼으셔요.

소식도 없는 아버지를 기다리다 지쳐 출가를 결심한 홍임이가 사람덜은 뭐든지 가질라고 허고 중은 뭐든지 버릴라고 해서 비구니가 되겠다는 말을 듣고 어메도 시상 모든 것 다 버리고 절로 들어가 공양주가 되었는감요?

모녀의 애달픈 삶이 배어 있는 다산초당에서 백련사 가는 산등성을 넘으며 '그물에 걸리지 않는 바람처럼 그렇게 살아라.' 하신 부처님의 말씀이 떠오릅니다.

이제 편히 쉬시시오.

(2013 『부천수필』)

태풍 속을 거닐다

큰일이다. 태풍이 제주도에 상륙한다는 날 친구 몇 명과 여행을 갈 예정이었다. 강원도의 한 휴양림을 예약해 놓은 상태라 가야 할지 말아야 할지 고민이 많았다. 가족과 지인들은 상상을 초월할 태풍이 올라오고 있는데 어딜 가느냐며 야단들이었다. 마음에 갈등이 심해지자 여행을 주선한 친구가 결단을 내렸다.

"우리 모험을 한번 해보자. 다들 제정신으로 돌아가기 전에 떠나자."

강력한 추진력에 밀려 허둥허둥 차에 올랐다. 주선한 친구는 '빈 수레가 요란하다'며 이렇게 호들갑을 떠는 바람은 십중팔구 육지로 상륙하면서 약해질 거라고 했다. 만반의 준비를 하고 기다리면 오지 않고 아무 대비 없이 무방비 상태일 때 급습하는 것이 자연이란다.

"태풍도 손자병법을 읽었나 보다."

농담을 했지만 마음은 편치 않았다. 그러나 어쩌랴. 이미 떠나 온 것을. 쓰나미 같은 태풍이 몰려오면 그 속을 뚫고라도 집에 가겠다는 한 친구의 결연한 의지와 함께 실시간으로 중계해주는 라디오 뉴스를 들어가며 목적지에 도착했다.

금방이라도 휘몰아칠 것 같은 바람은 아직도 제주도 바깥을 서성이는지 강원도의 하늘은 파랗고 숲은 고요했다. 날씨로 보면 태풍의 그림자도 보이지 않았다. 만찬을 즐기듯 편안하게 숲길을 걸으며 수줍게 핀 야생화 옆에서 셀카를 찍으며 한가한 시간을 보냈다. 하늘에는 구름이 동동거리며 빠르게 지나가도 개의치 않았다. 날씨는 맑고 바람은 잔잔하고 마음은 평온하고……. 세상 밖에선 태풍이 온다고 야단들인데 숲 안에 들어앉은 우리는 푸짐한 성찬을 즐기고 있었다.

저녁을 먹고 숙소로 돌아오는데 비가 내리기 시작했다. 이 정도의 비쯤이야 하며 은은한 가로등 속에 잠겨있는 밤경치를 바라보며 와인 잔을 부딪쳤다. 가족과 태풍 걱정은 저 멀리 사라져 버렸다.

60평생을 집이라는 울타리 안에서 가족들 위해 살아왔으니 이런 일탈도 필요하다고, 의기투합해서 건배를 외쳤다. 이야기보따리도 풀어놓았다. 누구는 남편 때문에 누구는 시댁일로 누구는 자식이 속을 썩여 애간장이 다 녹은 인생 이야기가 휘몰아치는 태풍만큼이나 강하고 다양했다. 지나온 세월의 곤곤함을 서로 다독여주며 긴 하룻밤이 지났다.

식당에 내려갔을 때 몇몇 팀이 예약을 취소해서 준비한 식재료가 다 상하게 생겼다며 울상을 지었다. 게다가 남아있던 사람들도 서둘러 떠날 채비를 하고 있었다. 잠깐 갈등은 했지만 우리 팀은 예약한 대로 다음날 점심까지 챙겨 먹고 출발하기로 했다.

아침에는 우산을 쓰고 숲속을 걸었다. 산책로 사이로 핀 구절초와 개망초가 비바람을 견디며 쓰러질 듯 휘청거리고 있다. 저런 여린 풀들도 견디는데 우리가 태풍을 뚫지 못할까! 대한민국 아줌마들의 힘을 보여주자며 '파이팅'을 외치고 안내소에서 엽서를 사서 편지를 썼다. 일 년 뒤에 배달된다는 내가 나에게 쓰는 편지다.

점심때가 되자 장대비가 쏟아지고 바람은 점점 거세졌다. 올라갈 생각을 하니 불안했지만 한번 해보자는 오기도 생겼다.

태풍이 중부지방을 관통한다는 제일 위험한 시간에 집으로 향했다. 강한 비바람에 차가 휘청거려 속도를 낼 수 없었다. 차창 밖에는 나무가 뿌리 채 뽑히고 비닐하우스와 상가 간판이 날아가 전봇대에 걸려있다. 돌아오는 내내 롤러코스트를 타듯 심장이 벌렁거리고 진땀이 났다.

저기쯤 내가 살고 있는 동네가 보인다. 아파트 창문마다 신문지와 테이프가 더덕더덕 붙어있는데 우리 집 창문만 멀끔하게 바람을 맞고 있다. 창문도 주인을 닮았나.

일 년 후 내가 쓴 편지가 도착했다. 단 한 줄 쓰여 있다.

'0000년 0월 00일 태풍 속을 거닐다.'

퇴직 여행

밤 열두 시가 넘었는데 카톡이 울린다.

사르르 잠에 빠져 들다 깜짝 놀라 확인했다. 가이드 미스터 배다. '늦어서 죄송합니다.' 란 인사말과 함께 사진을 보내왔다. 비몽사몽 졸린 눈을 비비며 사진을 본다. 우리 부부의 사진이 파노라마로 엮여 있다. 언제 이렇게 많이 찍었는지 여행지 곳곳마다 어정쩡한 포즈의 남편과 내가 들어 있다. 사진을 보니 바로 알겠다. 얼마나 서로가 따로국밥인지를. 그나마 나는 좀 자연스러운데 남편은 영 아니다. 쩍 벌린 다리와 번쩍 든 손에 어색함이 확 묻어난다. 하긴 30여 년을 살면서 남편과의 여행은 다섯 손가락 안에 꼽힌다.

첫 여행은 결혼 10주년 되던 해 제주도로 갔었다. 아이들을 친정에 맡기고 단둘이 간 여행이었지만 3박 4일 내내 애들 걱정에 전화통만 붙들고 있다 온 기억뿐이다. 두 번째 여행은 장성한 아들이 취직했다고 보내 준 필리핀 보라카이 섬이다. 예쁜 가이드에게 홀딱 빠져있는 남편을 웬수같이 바라보며 심심하게 배만 타다 왔다. 세 번째 여행은 남편의 회갑 기념으로 다녀온 인도다. 장장 15일 동안 함께 붙어있으면서도 같이 찍은 사진은 서너 장 정도다. 남편은 사진을 찍을 줄도 찍어줄 줄도 모른다. 몇 번 포즈를 취해보았지만 "눈과 마음에 담아 가면 되지 굳이 찍어야 되냐"며 역정을 내 포기해버렸다.

이번 여행은 남편의 퇴직 기념으로 다녀왔다. 여러 곳을 추천했지만 남편이 선택한 곳은 '다낭'이었다. 요즘 뜨는 핫플레이스라며 꼭 가보고 싶단다. 핫플레이스는 핫플레이스였다. 다낭 곳곳을 여행하며 내 평생 볼 한국 사람들을 그곳에서 다 봤다. 여행지마다 한국 관광객으로 넘쳐났다. 여기가 베트남인지 한국인지 구분이 안 갔다. 우리나라에서 베트남에 투자를 많이 한다더니 곳곳에 한국식 건물이 눈에 띄었다. 관문인 다낭공항은 인천공항을 연상시키고 도심 한가운데 우뚝 솟은 높은 빌딩도 서울의 L빌딩으로 착각할 정도였다.

멋진 해변으로 둘러싸인 도시는 깨끗하고 아름다웠다. 박항서 감독의 영향인지 사람들은 무척 친절했다. 오랜 세월 식민지배를 받았지만 미국과의 전쟁에서 이긴 자존감도 대단했다. 월남과 월맹의 경계였던 하이반 고개를 넘어 후에로 이동했다. 월남전 때 후에의 많은 사람들이 이 고개를 넘어 다낭으로 피난길에 올랐단다. 가이드는 아직도 후에의 몇몇 마을 사람들은 한국인을 싫어한다 했다. 월남전의 상처를 잊지 못하기 때문이다. 전쟁이란 특수상황이었지만 그들에게 미안해 여행 내내 사죄의 마음을 담았다.

유네스코에 등재된 후에 성을 둘러보는데 현지 가이드의 한국말이 걸작이었다. 전라도에서 몇 년을 일하고 왔다는 그는 일터에서 제일 먼저 배운 것이 욕이라며 연신 시브^^^^를 읊조리며 구수한 입담으로 관광객의 배꼽을 잡게 했다. 프랑스 식민지 때, 많은 베트남 사람들이 강제 노역에 시달렸단다. 건축현장에 동원되면 건물이 완공될 때까지 밖으로 내보내지 않았는데, 건장한 체격으로 들어가 나올 때는 저분처럼 돼서 나왔다며 남편을 가리켰다. 모든 이목이 남편에게 집중되었다. 남편은 손을 번쩍 들며 쿨한 척 했지만 내심 당황한 눈치다.

그 모습을 보니 가슴 한 구석이 아려온다. 퇴직한 지는 얼마 안 되었지만 집에서 쉬는 것도 힘들었는지 남편은 몰라보게 수척해졌다. 그 좋아하던 술도 줄이고 말수도 적어지고 얼굴은 생기가 없어졌다. 지난해까지만 해도 둘이 나가면 동생이냐고 할 정도로 동안이었다. 그 말이 듣기 싫어 남편에겐 늘 늙수구레한 옷만 사줬었다.

호텔로 돌아와서 서로 얼굴에 마스크팩을 하고 나란히 누웠다. 더위에 얼마나 강행군을 했는지 다리가 퉁퉁 붓고 온몸이 천근만근이다. 몸을 움직일 때마다 "아구구" 소리가 절로 난다.

"우리가 앞으로 몇 번이나 해외나 국내 여행을 다닐 수 있을까?"

돌돌 말은 이불 위로 다리를 올리고 있는 나를 보며 묻는다.

"글쎄……."

대답 대신 붙인 팩을 떼어내고 남은 수액으로 남편 얼굴 전체를 골고루 문질러 줬다. 직장과 아이들에게서 벗어나 여유 좀 가지려나 했더니 이젠 건강도 경제력도 덜 따라 준다.

여행 마지막 날, 공항으로 이동하는데 끝도 없이 넓은 들이 펼쳐져있다. 들판마다 누런 벼들이 고개를 숙인 채 바람을 맞고 있다. 우리나라는 아직 이른 봄인데……. 이곳에서는 1년에 3모작을 한단다. 추수랄 것도 없이 익은 벼 모가지를 뚝뚝 잘라주면 그 옆에서 또 벼가 나온다니 부러울 뿐이다.

우리네 인생 여정도 3모작, 아니 2모작이라도 할 수 있다면 얼마나 좋을까? 그러면 남편의 서글픈 모습을 보지 않아도 될 텐데.

(2019 『부천작가』)

함백산

그해는 겨우내 눈을 밟고 다녔다. 그래도 또 보고 싶었다. 강원도 오지의 눈은 도시의 오염된 공기를 품고 내린 눈보다 더 희고 깨끗하고 소담스러울 것 같았다. 네 시간이면 거뜬히 완주할 거라는 듣기 좋은 구슬림에도 끌렸다. 가다가 힘들면 눈만 보고 내려오자며 동네산도 힘들어하는 산행 초보자들끼리 뭉쳤다. 겨울산행이 힘들다는 생각은 잠깐 접어두고 카톡으로 전해오는 분위기에 휩싸여 설레는 기분으로 덜컥 결정을 했다. 편하고 좋은 사람들끼리니 좀 힘들어도 서로 의지가 되리라. 일행에 등반대장도 끼어 있으니 걱정할 거 하나도 없었다.

함백산을 향해 출발한 날은 그해 겨울 중 가장 추운 날이었다.

정선까지는 3시간을 가야 했다. 도중에 차가 고장이 났다. 길거리에서 한 시간을 기다리다가 다른 차에 포개져서 겨우 목적지에 도착했다. 산 아래인데도 칼바람과 맹추위에 손이 얼어 장갑을 뺄 수가 없다. 서둘러 아이젠과 스피치를 착용하고 산을 오르기 시작했다.

낭만과 아름다움만 펼쳐져 있으리라던 설산의 기대는 오르는 순간부터 무너졌다. 무릎까지 푹푹 빠지는 눈 속을 20분 정도 올랐는데 숨이 차기 시작했다. 다섯 시까지 버스로 돌아오지 않으면 그냥 출발한다는 산악대장의 엄포도 귓등으로 흘려버렸다. 오르다 지치면 쉬어갈 공간도 없었다. 앞 사람이 내놓고 간 발자국만 따라갔다. 잠시라도 쉬려면 허리까지 차는 눈밭으로 들어가야 했다. 그래도 정상까지 견딜만 했다.

영하 20도 추위에도 잠시 쉬는 동안 인증 샷을 찍었다. 일행 중에는 어린아이와 강아지까지 데려온 사람도 있었다. 그들도 나처럼 이 산을 동네 앞산쯤으로 생각했나 보다. 허기에 지쳐 다리가 풀릴 즈음 점심을 먹었다. 점심이라야 가져

간 컵라면에 물을 부어 먹는 게 전부였다. 날씨가 얼마나 추운지 보온병의 물이 미지근하게 식어버렸다. 물이 뜨겁지 않으니 라면이 제대로 익지 않는다. 그래도 그게 어딘가. 뜨끈한 국물이 목을 타고 넘어가자 오그라들었던 심장이 조금씩 풀어지는 것 같다. 점심을 먹자마자 등반대장은 갈 길을 재촉했다. 해지기 전에 내려가려면 서둘러야 한단다. 그래도 힘겹게 올라왔는데 주위의 산들에게 눈인사라도 하고 가야지.

사방으로 굽이치는 백두대간이 등줄기 서늘하게 쭉쭉 뻗어있다. 우리나라에서 여섯 번째로 높다는 산답게 대덕산, 매봉산이 오수를 즐기는 호랑이처럼 낮게 엎드려있다. 그들이 겨울잠에서 깨어나면 화들짝 놀란 봄꽃들이 앞 다투어 피어날 것이다.

정상을 밟았으니 내려가는 길은 순탄하리라 생각했다. 속이 든든해지니 힘도 솟았다. 얼음 옷을 칭칭 감고 눈부시게 빛나는 상고대와 한 폭의 그림처럼 돌고 있는 풍력발전소를 눈에 담으며 기분 좋게 걸었다.

산을 하나 넘고 이제 내려가나 싶었는데 또 등선이 나타났다. 내 딴에는 열심히 걷는데 앞 사람과의 거리는 점점 멀어지기 시작했다. 같이 오르던 사람들은 다 어디로 갔나. 강아지와 아이들도 이 험한 눈산을 지나는 갔는지. 체력은 떨어지고 두려움에 마음이 조급해졌다. 어디가 끝인지도 모르는데 해가 지고 있었다. 나는 지금 어디쯤 와있는 걸까? 지나온 삶들이 주마등처럼 스쳤다.

만항재에서 함백산 정상까지는 뒤도 안 돌아보고 올라왔다. 삶의 목표를 위해 뒤돌아 볼 겨를도 없었다. 헉헉대며 힘들었지만 저만큼 정상이 보였다. 그때는 사랑하는 사람들과 평탄한 길만 있으리라 생각했다. 은재동쯤에서 몇 번 휘청했다. 고통도 있고 기쁨도 있었지만 그래도 세상은 살만했다. 서로 뒤엉켜 지지고 볶고 힘든 고비를 넘길 때마다 가족이라는 믿음으로 다시 뭉쳤다. 하지만 목적지까지는 아직도 멀었다. 이제 주목 군락지를 지나고 있다.

설산을 붉게 물들이며 넘어가는 일몰은 장관이었다. 잠깐 넋을 놓고 붉은 하늘을 바라보았다. 포기하지 말자는 오기가 생겼다. 어두워지자 추위와 바람은 더 강해졌다. 사람은 안 보이고 이대로 조난당해 죽을 수도 있겠다는 생각에 더럭 무서움이 일기 시작했다. 팔다리 감각도 잃은 채 내리막길을 엉덩이로 밀며 정신없이 내려오는데 앞에 두 사람이 가고 있다. 같이 가자고 소리를 질렀지만 목소리는 입안에서만 맴돌 았다.

하얀 눈밭 위로 어두움이 내리자 하늘에 별이 빛나기 시작 한다. 별들을 보는 순간 마음이 편해졌다. 그대로 드러누워 별을 보고 있으면 얼어 죽진 않을 거라는 가당찮은 생각도 들었다. 별들을 친구삼아 한 시간쯤 내려오자 불빛이 보이기 시작했다. 드디어 두문동재로 내려왔다. 태백의 첫 번째 도 로에서 일행들이 기다리고 있었다. 버스는 떠나든 말든 불빛 을 보니 살았다는 안도감에 가슴이 벅찼다.

초봄, 친정 가는 길에 함백산 옆을 지났다. 다른 골짜기는 눈이 녹아 졸졸 냇물을 이루는데 함백산 계곡은 아직도 흰 눈이 빛나고 있다. 인간은 망각의 힘으로 살아간다지만 벌써 극한의 상황을 잊었나 보다. 봄이면 야생화가 별천지를 이룬 다는 그곳에 다시 가고 싶어지니 말이다.

(2013 『부천수필』)

216